忍者だけど、ＯＬやってます

遺言書争奪戦の巻

橘もも

双葉文庫

忍者だけど、ＯＬやってます

遺言書争奪戦の巻

【八百葛《やおかずら》の忍びたち】

望月陽菜子《もちづきひなこ》……忍びの里・八百葛の頭領娘だが落ちこぼれ。現在は里を抜け、IMEで働いている。

向坂惣真《さきさかそうま》……陽菜子の幼馴染みで、元許嫁。関東の忍びを束ねる、里の次期頭領候補。外務省勤務。

篠山穂乃香《しのやまほのか》……陽菜子の幼馴染みで、同居人。銀座の高級クラブ勤務。


【IME（和泉鉱業エネルギー）の人々】

和泉沢《いずみさわ》　創《つくる》……陽菜子の同期。東大卒のエリートだが、陰でぼんくらとあだ名される。

和泉沢與太郎《よたろう》……IMEの創業者で、現会長。創の祖父。陽菜子の敬愛する人物。

森川俊之《もりかわとしゆき》……陽菜子の上司。陽菜子とは別の里出身の抜け忍。

大河内信正《おおこうちのぶまさ》……與太郎の昔馴染み。現在は陽菜子の指導役をつとめる、謎多き人物。


【柳《やなぎ》の忍びたち】

柳　凛太郎《りんたろう》……里を持たない忍び集団・柳一派を率いる頭領。八百葛とは古い因縁がある。

塚本《つかもと》……凛太郎に忠誠を誓う忍び。陽菜子を柳に引き入れようとする。

1

目の前に差し出されたそれに何が入っているのか、想像できないほど野暮ではなかった。

大正時代から歴史を連ねる老舗フレンチレストランの個室で、黄金色の泡がたちのぼるグラスで乾杯したあと、スーツの胸元から静かにとりだされた四角い木箱。手のひらにすっぽりと包み込まれるほど小さなそれの中に、おさまるものは限られている。昭和だろうと令和だろうと、変わらずひとつのゴールのように演出されるこの空気、このシチュエーションは、テレビや映画で何度となく観たことがあった。

男は、瞬きもせずに木箱を凝視する望月陽菜子《もちづきひなこ》に見せつけるよう、片手で蓋を開けた。素人でもダイヤモンドとわかる、ティアドロップ型の石が照明を受けて眩《まばゆ》く光る。だけでなく、リングにも小さな石がいくつも埋め込まれていて、貴金属にはうとい陽菜子にも三十万はくだらないだろうことは予想がついた。

「何か言うことはないのか」

だがしかし、ロマンティックさのかけらもない平淡な声で、男が問う。裏で撮影カメラがまわっていると言われたほうが納得するくらいベタな演出を仕掛けてきたくせに、にこりともしないどころかいつにも増して視線が鋭く研ぎ澄まされており、不自然なことこのうえない。

陽菜子は、ことさら大きなため息をついた。

「言うことがあるのは、そっちでしょ。この場合」

どの角度から切りとっても疑いようなく、陽菜子は今、求婚《プロポーズ》されようとしている。そんなことは、わかっている。わからないのは、それをどうしてこの男が、ということだ。なぜ、いまさら。なぜ、こんな芝居がかった準備をしてまで。いったい、この男に、なんの得がある。

男は吐く息に忍ばせながら、愚鈍な、とつぶやき、そして、

「俺と結婚しろ。お前に選択権はない」

冷ややかに、言い捨てた。プロポーズする立場とは思えないほど苦々しく、死刑宣告を受けた直後のようにどんよりとした眼差《まなざ》しを眼鏡の下から向けてくる男——向坂《さきさか》

惣真《そうま》を見据えながら、たぶん自分も今、似た表情を浮かべているんだろうな、と陽菜子は思い、シャンパングラスを一気に呷《あお》った。

その日は朝から、ツイていなかった。

その週は、と言ったほうが正しいかもしれない。まずは月曜日、陽菜子にしては珍しいミスをした。和泉《いずみ》鉱業エネルギー、通称IMEの資源開発課に所属している陽菜子は今、入社以来最大の案件を抱えている。外務省からの要請を受け、豊富な資源を有するアフリカ地域のODAプロジェクトを担当しているのだけれど、ともに進めている外務省の担当者との定例ミーティングが午前から午後になったことを忘れ、打ち合わせのダブルブッキングをしてしまったのだ。

待ちぼうけを食わされた担当者が怒ることはなかったものの、急遽、対応を代わってくれた上司にはさんざん嫌味を言われてしまった。借りをつくりたくない相手として人生でトップ5に入る二人に、頭を下げなくてはならないスタートを切ったときから、今週の運勢は決まっていたのかもしれない。

ほかにも、一度は合意したはずの見積もりに相手が急にゴネはじめたり、同僚が急な盲腸で入院して代打の仕事が山のように降ってきたり、陽菜子は分刻みで追い立てられながら働き続けた。

平均三時間の睡眠で、駆け抜けること五日。

なんとか今日は定時で帰れる、と気が抜けたところに、同居人で幼なじみの篠山穂《しのやまほ》乃香《のか》からスマホにメッセージが入った。

「ねえねえ、今日の夜って、時間ある？　お客さんとフレンチ行く予定だったんだけど、都合が悪くなったらしくて。せっかくだから友達と食べておいでって言うから、一緒にどう？」

行く！

と、即座に返事をした。

穂乃香とは生活リズムが違うため、同じ家に住んでいてもめったに顔をあわせることがない。週に数時間、話す時間がとれればいいほうで、最後にまともに顔をあわせたのは一か月以上前である。くわえて、二人が親しい関係にあることは基本的に周囲に伏せているから、一緒に外出する機会なんてまれだ。

それなのに誘ってくる、ということはたぶん、個室。銀座《ぎんざ》の高級クラブで働いている穂乃香の客が指定した店が、町場のビストロであるはずがなく、高級料理を二人でのびのび堪能できるということだ。そしておそらく、二人分の会計は客が払ってくれる。行かない手はない。

「望月さん、ずいぶん楽しそうですね。デートですか？」

がぜん活気づいたからか、後輩の宮原鞠乃《みやはらまりの》がにやにやしながら近づいてきた。

「いいなあ。あの人と、ですよね。もちろん」

「ごめん。なんの話かわからない」

「しらじらしいにもほどがありますよ。その後、どうなったんですか？」

「どうもなってないし、なる予定もないよ。これまでと一緒」

「そんなわけないじゃないですか。やだな、望月さん。照れなくても……え？　ほんとに？」

「ほんとに」

「うそ。やだ、何があったんですか。言われてみれば最近、あの人、こっちに顔見せない……」

「はいはい、おしゃべりは仕事が終わってから。まりちゃんだって、今日くらいは定時で帰りたいでしょ。あと二時間、しっかり働くよ」

「えーっ!?」

面倒な追及を強引に避けて、陽菜子はフルスピードで仕事を終わらせると、鞠乃に声をかけさせる隙も与えず会社を飛び出した。鞠乃の言う〝あの人〟のことを、思い浮かべないようにしていた顔を、久しぶりに脳裏に描いて胸はちくりとしたけれど、穂乃香に指定された店に強引に意識を切り替えると、足取りは軽くなった。あそこ、舌平目のムニエルが有名なんだよね。コースに入ってるかな。入ってるよね。ワインもいいやつ、頼んじゃってもいいかな。

なんて。

呑気に浮かれた自分を、張り倒してやりたい。

約束の十八時ぴったりに到着した店の個室で、座っていた男の顔を見た瞬間、やられた、と目眩《めまい》が起きた。

もちろん、〝あの人〟などではない。

向坂惣真。穂乃香と同じ、幼なじみ。

三人の育った八百葛《やおかずら》――忍びの里の次期頭領と目されている、陽菜子の天敵ともいえる男だった。

八百葛は古くから続く忍者の里の一つで、陽菜子はその頭領家の一人娘だった。

岐阜の望月家、といえばわかる者にはわかってしまう程度に、陽菜子の血筋は、その筋では由緒あるものであるらしい。戦国の世が終わるとともに忍びの多くは役目を失ったが、現在も市井に紛れ、諜報員として生き延びる道を選んでいる。時に国家機密にも関わってきた一族をいずれ束ねる存在として、陽菜子は、里の忍びのなかでもとくに厳しい修行をつけられ、かつ、素性を誰にも明かさぬことを義務づけられてきた。

ところが陽菜子には、悲しいほどに忍びとしての才能がなかったのである。

勉強も、剣術も体術も、何をやっても十人並みかそれ以下で、使いものにならない、というほどではなかったけれど、できることなら後方支援のさらに裏にまわるのが望ましい、というレベル。能力さえあれば、女であっても家督は継げる。だが、その器ではないと父が早々に判断したことは、幼い陽菜子にもはっきりわかった。父に見放された瞬間の記憶、なんて、後生大事に抱いたところで一円の得にもならないけれど、今でも鮮明に思い出せる。まだ三歳にも満たなかった陽菜子の、それが最初の記憶だ。

そんな陽菜子の傍らに、物心つくより前から惣真は、いた。二つ年下にもかかわらず、陽菜子の指導役として、いつも。幼いころから人並み外れた才覚を発揮していた彼は、やがて暗黙のうちに次期頭領候補とみなされるようになった。それはつまり、陽菜子の配偶者候補であるということでもあった。

まっぴらごめんだ、とずっと思っていた。

そもそも記憶のある限り、惣真からは悪態以外を向けられたことがない。

「なんでそんなこともできないんだ」

「恥ずかしくないのか」

という程度の嘲《あざけ》りならば、悔しくても聞き流せる。

だが、修行の沢登りで後れをとれば「自然観察なら帰りに一人でやってくれ」。真冬の滝行を終え、寒さで痛覚を失った身体でぼんやりしていると「五感だけは人並みに鋭敏なんだな」と鼻で笑う。座学の試験で及第点ぎりぎりとなれば「あえて際《きわ》を攻めるとは、見上げた度胸だ」とわざとらしく首を振る。

年齢を重ね、語彙を増やすにつれて、惣真はありとあらゆる言葉を尽くして陽菜子を罵倒するようになった。

そんな相手が将来の夫になるだなんて、想像するだけで胃がきりきり痛んだ。

一刻もはやくこの男から離れたい。

むしろ忍びのすべてから逃げ出したい。

陽菜子はそう、日に日に願うようになっていった。

東京の大学を選んだのは、惣真が京都大学に行くことを早々に決めていたのを知っていたからだ。惣真からも里からも離れられる大学生活の四年間で、自分の人生を切りひらく準備をするのだと心に誓った。そして、父が〝使える〟と判断するに違いないIMEへの就職を決め、邪魔されることなく大学を卒業したところで出奔を宣言したというわけである。

惣真との縁も、そこで切れたはずだった。

陽菜子よりよほど父に重宝されている惣真は、陽菜子がいなくなったあとも次期頭領の最有力候補と目されているし、そのときが来れば、当初予定されていた望月家の婿養子ではなく、養子として縁組されることになっている、と噂で聞いた。そうなれば陽菜子と惣真は姉弟ということになり、それはそれで陰鬱な気持ちにさせられるけれど、里にも惣真にも二度と関わるつもりがなかったから、どうでもいいと言い聞かせてきた。

それがまた、七年の時を経て、関わりをもつようになってしまったのは、里を出るときに父と交わした「忍びの技は二度と使わない」という約束を陽菜子がみずから違えたせいだ。

会社と大切な人を救うため――なんてお題目は里では通用しない。陽菜子が禁を破ったことはすぐ、関東の同胞を束ねる惣真の知るところとなり、否応なしに接触の機会が増えた。結果、二人きりで食事をするくらいは別に——それが穂乃香に騙された結果だとしても——かまわないという程度には抵抗感も薄らいでいたのだけれど。

だがしかし、だ。

「いまさら、どういうつもり？」

婚約関係が再燃するのは、話がちがう。

選択権がない、なんて一方的に、突きつけられる覚えもない。

「わたし、里に戻るつもりはないって再三、言ってきたよね？」

それについては惣真も、やっと了承してくれたはずだった。

父に——頭領に、最低限の根回しはしておいてやるとも言ってくれた。騙《かた》りで罠を張り巡らすのが忍びの技、とはいえ、交わした約束をなかったことにする小手先の嘘を言うような男でないことくらい、陽菜子にだってよくわかっている。

「なにを企《たくら》んでいるの。……それとも、なにかあったの？」

そのとき、前菜を運んでくる店員の気配がして、惣真はひとまず木箱の蓋をとじて脇においた。繊細に彫刻された季節の野菜が盛りつけられたプレートを前に、おいしそうだね、喜んでもらえてよかったよ、なんてしらじらしい会話をはずませる。

「考え直しただけだ」

惣真ははりつけた笑顔の下で、忍びの吐息に変えて言った。

「お前が里を抜けた理由は、忍びとして生きるのがいやになったから、だったはず。だが今、お前は何をしている？　くだらん私情で忍びの道に舞い戻り、今後も、おとなしくしているつもりはないという。であれば何事もなかったことにして、里に戻るほうがよほどスムーズだろう。幸い、禁を破ったことは頭領に報告していない。勝手に里を抜けたことに頭を下げれば、なんとかなるかもしれん」

アスパラガスを転がすことなく音もたてず、器用にナイフとフォークとで切り分けながら、陽菜子にしか届かない声で器用にしゃべり続ける惣真を見ながら、いつのまに洗練されたテーブルマナーなんて身につけたんだろう、と陽菜子はぼんやり思う。

惣真の言動は端々まで、隙がない。

「忍びではない、普通の男と結婚して、普通の幸せを手に入れるんだなんてほざいていたが、それも叶わないまま来年で三十。いいかげん、現実も見えた頃合いじゃないのか。だったら俺と結婚して、俺の目の届く範囲で好きにするのがお前にとっても得策だ」

「勝手に決めないでよ！」

「安心しろ。しばらくは拠点を里に戻す必要はないし、俺の監視下にあるというだけである程度の自由は保障される。それにお前、恐れ多くも俺と手を組みたいと言っただろう。婚姻関係は、うってつけの契約なんじゃないのか」

——また契約。

プロポーズさえも道具のように扱う惣真にうんざりしながら、

「なにがうってつけよ。おかしいでしょうよ」

陽菜子はきっぱり、拒絶する。

ああ、この野菜に添えられた生雲丹《うに》はもっとじっくり味わいたかった。と、食い意地の張ったことを思いながら丸呑みにする。

「わたしは、里の封建的なしくみが嫌いなの。とはいえ、いくらわたしが落ちこぼれでも、一度身につけてしまった忍びの習性を抜くことはできない。目の前で大切な人が困っていて自分にできることがあるのに、それが掟だからといって技のすべてを封印して、問題を見過ごすこともできない。だから里の外で、わたしは自分にできることを探りたいんだって言ったじゃない」

「それはただの我儘《わがまま》じゃないのか」

惣真は吐き捨てるように言った。

「欲しいものにはしがみつくくせに、義務を果たせと言われたら頑として首を振る。それをなんと言うか知っているか？　子どもの駄々だ。洟《はな》垂れたガキじゃあるまいし、反抗期もいいかげんにしておけ」

「うっ……るさいわね、あんたは本当に屁理屈ばかりをぺらぺらと……」

「自己紹介か？　屁理屈とは、筋道の立たない理屈のことを言うんだ。俺のは至極真当で理にかなっている。癇癪《かんしゃく》を起こすだけのお前とは違う」

「人の気持ちは、理屈だけでは通らないのよ！」

「また感情論か。飽きないな」

運ばれてきた白ワインのグラスに口をつけて、惣真は憐《あわ》れみの表情を陽菜子に向けた。

「あのぼんくらと決別した時点で、普通の幸せとやらへの希望もついえただろう。京大出身、外務省勤めの年下男からプロポーズされるなんてお前のスペックじゃ普通に生きてたらまずありえないシチュエーションだろう。光栄に思え」

「自分で言うか、それ」

「だいたい、行き遅れるのが目に見えている幼なじみを拾ってやろうというんだ。少しは感謝してほしいくらいだよ」

「だから！　なんであんたはそんなにえらそうなの！」

「えらそうじゃない。俺は実際、えらいんだ。能無しのお前なんかよりもずっとな」

頭を掻きむしりたくなる衝動をどうにかこらえながら、今ここで毒針を放ったところで誰にも責められないんじゃないかと陽菜子は思う。だが問題は、陽菜子程度が命を狙ったところで惣真はびくともしない、ということだった。握りしめた拳のやりどころを見つけられずにいる陽菜子に、惣真は鼻で笑ったあと、小箱をもう一度テーブルの中央に寄せると、

「俺はお前を愛している。ずっと昔から、お前だけを想っていた。だから俺と結婚して、戻ってきてほしい」

と、店員にも聞こえる音に戻して、わざとらしいほど滑舌よく言った。そして、魚料理を運んできた店員が、目を丸くしながらにやけるのをこらえる横で、

「とでも言えば、満足か」

再び忍びの息に戻して言い放つ。

気色悪さと怒りで発狂しそうになりながら、微笑《ほほえ》みで返すにとどめた自分は、それだけで表彰されてもいいくらいだと、陽菜子は思うのだった。

「でも、フルコースはしっかりいただいて帰ってきた、と」

ソファに肩を並べ、事の顚末を聞き終えた穂乃香が、しめくくる。

「立派なデートじゃないの、それ」

「ちがいます。途中で席を立つのもお店の人に失礼だから」

「そういうところよ、ヒナちゃん。惣ちゃんに付け込まれるのは」

「そもそも穂乃ちゃんが騙し討ちみたいにセッティングするからこうなったんでしょ！」

「ごめんねえ。でもしょうがないじゃない？　まがりなりにも惣ちゃんはあたしの上司だし、嘘をつくのはあたしたちの習性みたいなもんだし」

「あんなメッセージ疑うほうがどうかしてるでしょ！」

「やだ、ヒナちゃん。一般人みたいなこと言って。どうかしている人間が寄り集まったのが忍びでしょ？」

「ぐぐ……」

「だめよお。あたし相手だからって気ぃ抜いちゃ」

語尾にハートマークが飛びそうな声音でしっとり笑う穂乃香はまるで悪びれない。

陽菜子と違って穂乃香はいまだ里に所属する現役の忍びだ。惣真の手下でもある彼女にはこれまでも何度だって騙されてきたし、いちいち怒ることじゃないのは陽菜子だって心得ている。しかし。

「……穂乃ちゃんとごはん食べられると思って、楽しみにしてたのに」

拗《す》ねたようにそう言うと、穂乃香は反省するどころかますます顔を輝かせて、陽菜子に抱きついた。

「やーん、ヒナちゃん！　かわいい！　大好き！」

「やめてよ穂乃ちゃん苦しいってば！」

「とっておきのハーブティー淹《い》れたげる。ちょっと待っててね」

風呂からあがってきたばかりの穂乃香の身体から漂う、すきっとしたシャンプーと、肌に沁みついた薔薇《ばら》の香りが陽菜子を包み込み、なんだか落ち着かない気分にさせられる。こうしていつだって穂乃香にはすべてをうやむやにされてしまう。

「で、プロポーズにはなんて返事したの」

「返事もなにも……わたしにその気がないことくらい、惣真だってわかってるはずでしょう。それなのに、お前に選択権はないだの、感謝しろだの、むちゃくちゃなことばっかり言って」

「指輪は？」

「もらうわけないじゃない。指一本触れずに帰ってきたよ」

「ふーん。じゃあ、これはなに？」

「え⁉」

キッチンに立つ穂乃香が指でつまんでみせたのは、レストランで惣真がもっていたのと同じ木箱だった。

「なんで⁉」

「ヒナちゃんの鞄に入ってたよ」

「わたし、一度も鞄から離れてないのに！ていうか、なんで勝手に漁《あさ》ってんの！」

「こんなの忍び込ませるくらい、惣ちゃんなら目をつむってたってできるわよ。ヒナちゃん、あの人のことなんだと思ってるの？ 仮にも次期頭領と目され、このあたしが上司として認めてる男なのよ？」

陽菜子はクッションを抱えて、思いきり拳で殴りつけた。

「あの野郎……」

「ヒナちゃん、お下品」

はいどうぞ、とカモミールティーを差し出され、ほんの少しだけささくれだった気持ちがやわらぐ。穂乃香は遠慮なく木箱を開けた。

「あー、これ、ショーメのエンゲージリングだね。箱はブランドのと違うから、わざわざ入れ替えたのかな。値段、特定されたくなかったのかもね。そんなの、あたしが見れば一発なのにー」

「ずいぶん楽しそうね、穂乃ちゃん」

「楽しくないわけないでしょ。だってプロポーズよ？　惣ちゃんが、ヒナちゃんに！　あはっ、こんな日がまさか来ようとはね。あっ、ほら、やっぱりショーメだ。裏側に刻印がある。さすがの惣ちゃんも、そこは見落としたか」

指輪をとりだし、四方八方から品定めするように穂乃香は眺めまわした。

「四十万弱くらいかな。これ確か、重ねづけするとすんごいゴージャスになるのよ。〝この先〟があるっていうんで、あたしのまわりでもエンゲージリングにはぴったりだって言ってる子がいたなあ。ふうん。惣ちゃんてば、ヒナちゃんにあげるにしては、気張ったわね」

「いや怖いよ。きもちわるいよ。あいつがそれだけの投資をして、リターンを見込んでないわけないじゃん。いったいなに考えてんの？　穂乃ちゃん、本当は何か知ってるんでしょ⁉」

「いや、全然。今回ばかりはあたしもびっくりしてんのよ。ヒナちゃんに話があるから呼び出してくれ、って言われて協力はしたけど、まっさか、プロポーズするとは思わなかった。何か予兆とかなかったの？　ほら、このあいだ柳《やなぎ》とやりあったあととか。惣ちゃんに呼び出されて二人で会ってたよね？」

「あるわけないでしょ。むしろわたしは里に戻らないって改めて宣言したくらいだよ。あいつだって珍しく納得してくれたと思ったのに……意味わかんない」

「じゃあ、むしろ火がついた、とかかなあ」

「火？」

「だって惣ちゃん、自分の計画を邪魔されるのがいちばん嫌いじゃない」

それは確かに。

と、考えこんだ陽菜子の指に、穂乃香がするっと指輪をはめようとするのを、悲鳴をあげて止める。

「やーん。つけるくらい、いいじゃない。気持ち変わるかもよ？」

「変わらないし、興味ない！　そんなに気になるなら、穂乃ちゃんがつけてみればいいじゃない。買ってくれるお客さんとか、いるでしょう」

「やだあ、ヒナちゃん。なんてデリカシーのないこと言うの。仮にもエンゲージリングよ？　惣ちゃんがヒナちゃんのためにわざわざ買ってきたのよ？　想像してみてよ、ショーメの店員さんと相談しながらこれ買ってる惣ちゃんの姿を！」

身の毛がよだつとはこういうことか、と体感するのは今夜で何度目だろうと、陽菜子は両腕をつかんで震え上がった。

「むり。怖い。考えたくない」

「素直じゃないなあ。そりゃあ、惣ちゃんのことだから何か考えはあるんだろうけどさ？　もっとシンプルに受け止めてもいいんじゃない？」

「シンプル？」

「理由がなんであろうと、惣ちゃんはヒナちゃんと結婚したいと思ってる。わざわざこんな手間をかけてまで、気持ちを示した。それは確かなわけでしょう？」

にやつきながらも、からかいの色を薄めている穂乃香に、陽菜子もつられて真顔になる。穂乃香は指輪を木箱に戻しながら、続けた。

「まあさ、愛してるだなんだっていうのは、あたしが伝え聞いても鳥肌立っちゃうくらい薄気味悪いけど。でも、惣ちゃんにとってヒナちゃんが特別なのは昔からわかってたことだし。そんなにいやがったら、さすがにかわいそうだと思うなあ」

「特別って……」

「自覚ないとは言わせないよ。親兄弟にだって興味を示さない惣ちゃんが、執着を見せるのはヒナちゃんだけなんだから」

「……執着、っていうか。それこそ、自分の計画を覆されたのが悔しいだけでしょ」

陽菜子と結婚して里の頭領になる未来を、たぶん惣真は、一度だって疑ったことはなかった。陽菜子に意思があるなんて、頭にもなかったはずだ。男尊女卑の思考が染みついた里の男たちと同じように、惣真もまた、陽菜子が自分に従って当然だと思っていただろうから。そうでなければ、陽菜子が父親に出奔を告げたと知ったとき、あんな間抜け面をさらすわけがない。

――逃げるのか。

――自分の役目も果たさず夢ばかり語る人間が、俺は一番嫌いだ。

そんな、らしくない感情的な言葉を陽菜子にぶつけたのも、よりにもよって一番安全な手駒だと思っていた相手に、計画を台無しにされたのが許せなかったからに違いない。

穂乃香は木箱を手のひらでころがしながら、肩をすくめた。

「わっかんないのよねえ、ずっと。ヒナちゃんの、その感じ」

「なにが」

「惣ちゃんのことを、かたくなに〝そういうのじゃない〟ことにしようとする感じよ。惣ちゃんは確かに、忍びの極意をインストールされたロボットみたいな人だけど、でも、感情がないわけじゃないのよ？　抑制がとーってもお上手なだけで」

「………………だって。そういうのじゃないんだもん」

言って、〝もん〟はあいつの口癖だったな、と思い出す。

あいつ――鞠乃があの人と言い、惣真がぼんくらと呼ぶ彼と連絡をとらなくなってから、もう二か月が経つ。社内で姿を見かけることはあっても、一度も言葉をかわすことはなかったし、視線が重なる前に陽菜子のほうから姿を隠してしまう。そんな日常には、覚悟していたよりもはやく慣れた。惣真ほどでなくとも、腹をくってしまえば感情の抑制がきくのは陽菜子も同じで、やっぱり自分は忍びなのだと改めて思い知らされた。

陽菜子の脳裏に誰が浮かんでいるのか、悟ったのだろう。穂乃香は陽菜子の肩にこてんと頭をのせる。

「難儀な子ねえ」

「……もう迷わないって、決めたから」

惣真の言うことは確かに一理ある。何事もなかったように里に戻るのはひとつの手で、もしかしたら陽菜子にとってだけでなく、誰にとってもすべてが丸く収まる最善の道なのかもしれない。〝あいつ〟との別離で得た傷を惣真と結婚することで癒す――想像すればやっぱり背筋に悪寒が走る一方で、悪くない選択肢であるような気が一瞬でもしてしまうのは、陽菜子もそれなりに弱っているからかもしれなかった。

でもだからこそ、揺れるわけにはいかないのだ。

常ならば絶対に選択しないはずの道に可能性を見出しかけているときは、罠にはまりやすい。もっともらしい理屈を信じるより、ときには、それだけは絶対に違うと警鐘を鳴らす自分の直観に従え。それを陽菜子に懇々《こんこん》と諭してくれたのは他でもない、幼かったころの惣真だ。

プロポーズなんて、まわりくどいことをする理由は、皆目見当もつかない。

だが惣真が探りを入れてきそうな案件にならば、心当たりがある。それだけは、なんとしても守り抜かなければならなかった。穂乃香にだって、悟られるわけにはいかなかった。

何か言いたそうな穂乃香から目をそらして、マグカップに顔を近づける。

立ち上る湯気で瞼《まぶた》をじんわりあたためていると、ぴるると燕《つばめ》が鳴くような音を立ててスマホが震えた。名前は確認しなくてもわかる。穂乃香の熱を肩に感じながら、とくに急ぎの連絡ではないことを示すように、陽菜子はゆったりとハーブティーを飲みつつ、横目で壁に掛けられた時計を確認する。

日付が変わって、一時間弱。こんな時間に燕が鳴いたことは、これまでに一度しかなかった。だから、わかる。読まなくても、届いたメールに何が書いてあるのかも。

そのときが、ついに来たのだ。

マグカップに温められているはずの指先から体温が奪われていくのを感じながら、陽菜子は静かに、ハーブティーを飲み干した。

＊

ＩＭＥの創業者たる和泉沢《いずみさわ》與太郎《よたろう》が彼岸のかなたに旅立ったのは、小雨のしとしと降る六月。八十四の誕生日を二か月後に控えた金曜の深夜——土曜に変わったばかりのことだった。

「平日を避けてくれるなんて、あの人らしい気配りね」

悲しみがまだ追いついていないのか、とうに覚悟を決めていたからなのか、呆《あき》れたような微笑を口元にたたえて、與太郎の妻である華絵《はなえ》は夫のつるりとしたおでこを撫でる。だったらこんな深夜に逝かなくても、と和泉沢創《つくる》は思ったけれど、そうだねとうなずくにとどめ、祖父の安らかな寝顔を見つめた。

「それに比べてあなたときたら、この人が川を渡りかけているのにも気づかないなんて」

まったくもう、と華絵は唇を尖《とが》らせる。祖父より三つ年上の、姉さん女房の祖母はいつまでたっても少女らしさを失わない人で、そんなそぶりも十代の少女より愛らしい、と創は思う。

「いやあ、珍しく気持ちよさそうに寝てるなあ、と思って安心したんだよ。ほら、最近、いつも寝苦しそうにしてたじゃん？」

「それはそうなんでしょうけど、そのとき起こしてくれたらねえ」

風呂あがり、習慣として寝室を覗いた創は、祖父が安らかな寝息を立てて眠りに落ちているのを確認してから部屋に戻ったのだけれど、どうやら、そのときまさに祖父は魂が離れかけているさなかだったらしい。わずか三十分後、御手水《おちょうず》に起きた祖母が隣で眠る祖父の異変に気づき、声をあげた。

「ちょっと！……ちょっと！」

いつになく張り上げられた音の切迫感に、うとうとしかけていた創も一気に夢の世界から引き戻されて、事の次第を知ったというわけである。

「まあでも、ばあちゃんと一緒に眠っているあいだに行けてよかったんじゃない？」

「そういう問題じゃありません。おい創、今だぞ、今！ってきっと呆れてましたよ」

かかりつけの医師に連絡がつき、死亡確認がとれたのは午前二時過ぎ。今日は眠れそうにないな、と華絵の手が離れた祖父のおでこに、創も触れる。

高熱を出したあと、急激にさがったときみたいだ、と思った。冷たい、けれど、ひんやりしているのとは違う。ぬくもりの名残はまだそこにあって、静かに、そっと立ち去っていく途中なのだと感じさせる温度だった。朝になったらもう少し身体も硬直して、その瞼が二度と開かないことを実感させてくれるのだろうか。その前に、と創は薄いタオルケットを少しめくって、現れた祖父の手を両手で握った。おつかれさま、とささやきかけると、はじめて祖母は咽喉《のど》を詰まらせるような音を立てた。

「ばあちゃん、あたたかいお茶でも淹れようか」

「そうねえ。だったら、コーヒーがいいわ」

「珍しいね」

「だって今日は長い一日になりそうだもの。気合い入れなきゃ。ああ、喪服。お着物出してこないと。それから、みなさんにもご連絡を……」

「喪服は、ぼくが出しておく。親戚への連絡もぼくがするし、会社関係は父さんがやるから大丈夫だよ。あの人、あれでも社長なんだから」

「亘《わたる》は？　すぐ来るって？」

「うん。でもじいちゃんの顔を見たらいったん家に帰るって。それこそ、各所に連絡しなきゃいけないから。とにかく、事務的なことはぼくたちに任せておけばいいよ。朝まで、少し横になりな」

「でも……」

「ことによっては、このまま通夜になるわけだから。徹夜なんかして、ばあちゃんまで倒れちゃったらどうするの」

「そう……そうね……」

「はい、決まり。寝付きやすいようにまずは白湯《さゆ》でももってくるよ」

「ありがとう。あ、でも、七時になったら呼びにきてちょうだいね。私から直接ご連絡差し上げたい方もいるし」

「わかった。じゃあそのとき、あれを挽いて淹れようかな。じいちゃんとっておきの」

「なんとかいう猫ちゃんの豆？」

「コピ・ルアックね」

ジャコウネコという熱帯動物の糞からとりだした、未消化の生豆を焙煎したコーヒー豆。希少で香り高いのだと與太郎がどれだけ説明しても、華絵は「いやですよう」と眉をひそめるばかりだった。

「最後くらい、一緒に飲んであげたら?」

「それは話がちがいます。いつもどおり、この人にだけ淹れてあげてちょうだい。私のはミルクたっぷりのカフェオレ。ミルクはちゃんと」

「先にあたためて泡立てるんでしょ。わかってる」

ふふ、と華絵は少女のように笑う。

そして先ほど創がそうしたように、夫の手をそっと握る。

「並んで寝るのも、今晩が最後ね」

その言葉に瞼の裏がぐっと熱くなったのを、創は目を見開くことで押し返した。

祖父・與太郎は用意周到な人だった。

でなければ、石油製品を販売する名もなき会社の一社員に過ぎなかった彼が、一代で起こしたIMEを、業界でも名の知れた企業に押しあげられたはずがない。だから急激に体調を崩しはじめた今年のはじめよりもはやく、死後の手配はみずから済ませていたし、創をはじめ周囲がなすべきこともすべてノートに書き遺し、折に触れて改訂を加えていた痕跡もあった。

あなたがいてくれてよかった、と華絵は言ってくれるけれど、創にできることはすべて祖父に指示されたことばかりだ。

幼いころから勉強はできたけれど、友達と遊ぶよりも蟻の行列を日がな一日眺めていたり、石を蹴り飛ばしてどこまで行けるかを試してみたりするほうが好きだった創は、場の空気を読む、ということがとことん苦手だった。創が生まれてすぐに亡くなった母の代わりに育ててくれた祖母も、そして当時はまだ家にいることが少なかった祖父も、優しさと甘やかしを履き違えない人だったし、幼いころから大人たちのよく出入りする家だったおかげで、礼儀と社交性はなんとか身についたけれど、祖父のように大局を見て先読みをする、ということがどうしてもできない。想像力が足りないから、今晩のように祖父の異変も見逃してしまう。

それでも、社会的信用を失うようなミスをせずにこられたのは、単に、サポートしてくれる人間に恵まれていたからだ。

「訓練すりゃあ先読みすることだってできるはずだと思うがの。研究で仮説を立てるのと、たいして変わらんだろう」

いつだったか、大河内信正《おおこうちのぶまさ》——祖父の幼なじみであり、IMEの経営コンサルタントを務める彼にそう言われた。

「そうなんだよねえ。でもなんか、人の感情がまじると、うまく予測が立てられないっていうか。瞬間的な対応はどうにかなるんだけど……」

「心もとないことを言ってくれるな。與太の跡を継ぎたいんだろう。経営っちゅうんは、人の心を予測することの繰り返しぞ」

「うー。それを言われると……」

「ま、おぬしの場合は、とにかく実践を繰り返すよりほか、あるまいな。人の感情がわからんのなら、まずは本でも読んで、想定されるパターンを頭に詰めこむこった。そのほうが向いておるだろ」

と、大河内はここぞとばかりに和泉沢の課題を増やし、積みあがった本の山に悲鳴をあげるはめになったのだった。

幼いころからかわいがってもらった、第二の祖父ともいうべき彼は、與太郎の六歳も上だというのに、活力にみなぎり、ちょっとやそっとじゃ倒れそうもない。相対するだけで背筋を伸ばさずにはいられない、どころか気を抜くとひれ伏しそうになってしまう圧は常人のものではないと昔から思っているのだけれど、その来し方を祖父に聞いても「なあに、昔ながらの悪友だよ」とほんわか笑うだけだった。

その笑顔を思い出すと、胸が詰まる。

今も、部屋に行けば祖父が起きあがって「なに、どうした」と微笑んでくれるような気がしてならない。

しんみりするのを押しとどめ、創はノートを開いた。

祖父が指定していた葬儀会社は二十四時間受付をしていて、電話をするとすぐに担当者に繋がり、火葬場を予約してくれた。母のときも担当した、というその人は祖父のことを覚えていたらしく、心のこもったお悔やみの言葉を述べてくれて、それだけで心が安らぐ。

朝になれば彼が来て、納棺の手配を進めてくれるだろう。通夜と葬式は身内と親しい者だけで、仕事関係者には後日お別れの会を、というのが祖父の意向だったから、気は張るけれど、面倒な気遣いが必要ないのはありがたかった。それもまた祖父の、家族に対する思いやりなのだろうけれど。

「……寝室か」

不意に声をかけられて、創ははっと顔をあげた。

台所のダイニングテーブルでノートを広げたまま、つかのま、うとうとしていたらしい。玄関の引き戸が開く音も、いつも父が踏み鳴らす廊下の軋《きし》みも、聞こえなかった。瞼をこすりながら創は、仏頂面で仁王立ちする父を見上げる。

「ばあちゃんが一緒に寝てるから、あんまり音を立てないようにして」

ふん、と吐息が漏れたのは、そうか、という返事の代わりだということを創は知っている。けれど、わかるからといって、気分がいいわけではないぞ、と祖父の元へ向かう父の背中を軽く睨《にら》みつけた。

――じいちゃんは寝室にいるのか、ってちゃんと聞けばいいのに。

昔から父は、人に伝えるために言葉を使うことを惜しむ。

くわえていつも不機嫌そうだから、子どものころなら、たとえば今の質問も「こんなところで寝て、寝室がわりにするんじゃない」と叱られたのかと思ってしまっただろう。さすがに深読みが過ぎる、かもしれないけれど、何を考えているのかわからない、自分に愛情を抱いているのかさえわからない父を前にしては、すべてが疑わしくて、おそろしかった。

――ちょっとは、落ち込んだ顔してみせてよ。

ここ数年、祖父と顔をあわせるたび喧嘩していたとはいえ、父だってその死が悲しくないはずはない。顔の中心にしわがぎゅっと寄っていたのは、創がそうしたように、涙をこらえていたからかもしれないが、そうだとしても素直に労《いたわ》る気になれないのは、祖父と父の確執が激しくなるにしたがって、創と父の溝もまた、深まっていったからだった。

眠気覚ましにコーヒーでも淹れるか、と立ち上がり、やかんに水を入れる。時計を見ればあと十分で六時。うっかりまた寝てしまったら、祖母との約束の時間に寝過ごしてしまう。

――そういえば、ノートに兄さんのことは書いてなかったな……。

アメリカの大学院に留学中、運命の出会いを果たしたと電話をかけてきた兄が、今どこで何をしているのかは、誰も知らない。いずれ父の跡を継ぐべく、まずは関連会社に就職する予定だった彼は、すべての責務を放り投げて行方をくらませた。卒業が確定し、学費を止められる心配がなくなってから、電話一本で現地での結婚報告をしてきた彼の、したたかさには呆れるというよりむしろ憧れるし、激怒していた父に反して、祖父は「あっぱれ!」とカラカラ笑っていた。

返事が来たことはないけれど、送信不可にはならないから、アドレスが生きてはいるんだろう。と、湯を沸かしながらスマホで兄にメールをしたためる。

〈じいちゃん、死んじゃったよ〉

簡素にそれだけを打つと、急に実感が湧いてきて、胸の奥をわしづかみにされたような気持ちになった。あ、だめだ。と思った瞬間、瞬きもしないのに涙がひとしずく画面の上に落ちて、文字が歪んだ。ふきんで拭くその上に、もうひとつぶ、涙が落ちる。ああ、そっか。こっちをぬぐうのが先か、と創は目の下に指をあてる。

まだ少し濡れているせいで反応の悪い画面をスワイプしながら、続きを打つ。

〈じいちゃん、死んじゃったよ。

じいちゃんの株は、全部ぼくに譲るって言っていたから、これから父さんと

けれどすぐに、打ちかけの二文めは消す。

本当は、わかっていた。

父が悲しみに浸ることができないのも、創に向けた視線が険しかったのも、これから社長の座をかけて、息子である創と争わねばならなくなることを予想していたからだ。

社員は家族、目先の利益よりも利他の精神。そうくりかえし伝えてきた祖父の人情談議を、父はひどく嫌っていた。あんたの言うことはすべてきれいごとの理想論だ、と罵り、赤字を補填するために会社を身売りすることまで考えていた。

エネルギー開発部門を欲しがっていた松葉商事からの吸収合併話は、業務提携という形で立ち消えたものの、今もなくなったわけではない。父はまだ、松葉商事の上層部と繋がっているし、虎視眈々と機会をうかがっている。強硬な案をとれば大幅なリストラが起き、祖父が会社を築く上で大事にしてきたものがすべて失われてしまう、とわかっているはずなのに、祖父や創の反対を押し切って強行しようとしていた。

だから、兄の代わりに自分が跡を継ぐと決めた。

それが、父を追い落とすことと同義だとしても。

腹をくったはずなのに、そのために大河内も力を貸してくれているというのに、いまだ揺れている自分に、創は戸惑う。

考えた末、けっきょく、

〈兄さん、今どこにいるの?〉

とだけ、消した文章の代わりにつけたし、送信した。

兄が跡継ぎのままなら、事はもう少し穏便に運んだだろう。父に似て功利主義なところはありつつ、家族でもっとも調整能力にすぐれた兄なら、祖父と父をつなぐ折衷案を編み出せたかもしれない。そんな兄を支えながら、祖父の築いてきたものを守るため、研究者として従事するのが創の夢だった。そうして、経営から距離を置いた立場なら、彼女も、創の想いを受け止めるのをためらわなかったかもしれない――。

「……なんて思っちゃうところが、ぼくのだめなところだよな」

あてどないifがぐるぐると脳裏をめぐるのは、心が疲れているからだ。

創は、棚からとりだしたマグカップの模様を眺めた。

それは誕生日プレゼントとして彼女――望月陽菜子がくれたものだった。

――馬が九頭まわってるから〝うまくゆく〟ってゲン担ぎなんだって。そういうの、好きでしょう。

好きだよ。と、言葉にはせず、記憶に残る笑顔に答える。

会社用に、と言っていたけれど、いつ祖父が息を引きとるかわからない不安のなか、ふと心細くなったときにこのマグカップがそばにあるだけで励まされるような気がして、家に置いていた。

――あんた、会社で働くよりも喫茶店のマスターでもやったほうが向いてるんじゃない？

そう、呆れたように言われた丁寧な手つきで、カップに注ぐためのコーヒー豆を挽く。それだけで心が、波が静まるように少しずつ整っていく。

ただの会社の同期だったはずの彼女が、いつのまにかこんなにも、創の支えになっていることを面映《おもは》ゆく感じると同時に、会えないさみしさが祖父を失った悲しみに乗っかって、胸が小さく締めつけられる。

――うまくゆかせてみせるさ。

自分自身に言い聞かせながら、ごりごりとキッチンに響く音と、ふんわり漂う豆の匂いに、創は意識を集中させた。

＊

陽菜子が会長の邸宅を訪れたのは、通夜の翌々日、月曜の夜のことだった。

到着は約束の十九時より五分ほど早かったが、インターホンを押すと待ち構えていたように、華絵が顔を覗かせる。

「あらまあ、よくいらっしゃいました。こんな雨の日に、ご足労おかけしちゃってごめんなさいね」

「こちらこそ平日の夜に、しかもまだ落ち着かれていないなか、申し訳ありません」

「いえいえ、こちらがお願いしていることですもの。さ、おあがりくださいな」

あまり眠れていないのか、華絵の目の下には珍しく疲れが滲みでていた。それでも玄関の扉をくぐると、いつもと変わらない澄み切った空気のなかに白檀《びゃくだん》が香る。人が亡くなると、急に空気が停滞してしまう家もあると聞いたことがあるが、この家に限ってその心配は無用らしい。ただ、ふだんは来客があっても洋装であることの多い華絵が、着物を身にまとっているのは、帯をしめることで背筋が折れないようにしているのではないかとうかがえて、切なくなる。

「あの人があなたに何をお願いしたのか、私は一切、聞いていないの。ただ、もしものことがあったら、一人でいらっしゃるだろうから、疑わずにお通しするように、って。……お任せしちゃって、いいのよね？」

「はい。会長からご指示はいただいていますので、恐縮ですが、お部屋におうかがいできればと……。あ、でもその前に、お線香を」

「まあ、まあ、告別式まで来てくださったのに、ご丁寧に。あの人なら、自分の部屋でのんびりしていますから、どうぞ遠慮なくお進みくださいまし」

お茶を淹れてきますね、と華絵は台所へ向かう。

陽菜子を、というよりも、会長の言葉に絶対的な信頼を置いているのだろう。頭をさげて言われたとおり廊下を進むと、白檀とはまた違う、濃厚な甘い香りが鼻を突く。見れば、いつも豪奢な花の生けられたつきあたりの飾り棚に、百合を中心に白を基調とした花々が飾られていた。

供花《くげ》と言われなければわからないほど優美なそのたたずまいに、華絵の会長に対する想いが透けて見えるような気がする。

「……お邪魔いたします、会長」

扉を開ける前に言葉にして頭をさげ、部屋に足を踏み入れると祭壇と白い骨壺袋が目に入った。からっぽの布団はそのままだからこそ、よけいに、いなくなってしまったのだという実感がこみあげてくる。

──さあ、今日も一局指そうか。

最後にこの部屋にあがったのは、亡くなる二週間ほど前だった。

あのときはまだあの布団の上にちんまりと座って、年明けに比べてますます小さくなってしまった身体を気丈に起こし、命の灯が消えかけているとはとうてい思えない朗らかな笑みを陽菜子に向けてくれた。

そのことを、和泉沢は知らない。華絵にも口止めしていると、会長は言っていた。

──あなたに、頼みたいことがあるんだよ。

そうして、最初で最後の任務を陽菜子にくれたのだ。

枕元に置かれたままになっている、紫色の風呂敷包みに手を伸ばす。

几帳面な結び目をほどくと、なかから現れたのは年季の入った折り畳みの将棋盤だった。脚つきの立派な盤も当然、二つ三つ持っているはずなのに、陽菜子と指すとき会長は必ずその将棋盤を使いたがった。

将棋盤の傷に触れながら、そっと開く。そして、

「よろしければ召し上がって」

盆を手に華絵が部屋に入ってくるのと同時に、盤のあいだに挟み込まれていたそれをジャケットの裏側に縫いつけられたポケットにしまった。

「甘いものはお嫌いじゃなかったわよね」

「恐縮です、お気遣いいただいて」

「いいのよ。あの人、甘いものが大好きだったのに、糖尿の数値があんまりよくなかったものだから、我慢させちゃっていて……ここ数か月は、好きにさせていたんですけどね。今はもう、思う存分食べてもらおうと思って」

華絵は陽菜子の前に冷たい緑茶と和菓子をのせた皿を置くと、同じものを祭壇に供えた。紫陽花を思わせる、淡い色とりどりの金団《きんとん》。季節のしつらえを大事にする、会長の好みそうな一品だった。

「お友達のお孫さんが、和菓子職人でね。うちで茶会を催すときなんかに、つくって

もらっていたんだけれど、美大を出てらっしゃるからかしらねえ、配色のセンスがふつうの職人とは違うって言って、あの人、ずいぶんと褒めていたの」

「じゃあ、これも……」

「ええ。今日の昼間、もしよかったらって、あの人が好きだった和菓子をいろいろ詰めて持ってきてくれて。私があの人と一緒に食べられるようにって二つずつ、三種類も。二〜三日はもつから、弔問客に出しちゃってもいい、って。なんだかんだと親戚も出入りするし、でもさすがにおやつを買いに出る元気もないし、ありがたいわ」

優しい人のまわりには、優しい人が集まるのだと、あたりまえのことを陽菜子は思う。どんなに親しくても本音を明かすことはなく、あるいは明かした本音は利用されることを当然として、常に疑いと駆け引きのなかで生きてきた陽菜子とは、和泉沢ははなから住む世界が違ったのだなということも、改めて。

そんなことを考えながら、将棋盤を風呂敷で包みなおすと、華絵が困ったように首をかしげた。

「あの人から、いくつか品をお譲りする方を指定されているのだけど……あなたのご用件も、それに関することなのかしら？」

「あ、いえ。これで何度か将棋を指させていただいたので、懐かしくて、つい」

「あら。じゃあ、あの人はずいぶんとあなたのことを買っていたのね」

華絵は、顔をほころばせた。

「その将棋盤は、とても思い入れのあるものなの。もうお一人、それでいつも将棋を指してらした方がいるから、これはそちらに形見分けをって……ごめんなさいね」

「滅相もありません。その方もきっと、お喜びになるでしょうね」

「代わりに何か、形見分けでお渡しできるものがあればいいんだけど」

「本当に、お気遣いなく。会長とはお会いして日も浅いですし」

「そう？　でも、あなたの何かがあの人にとって特別だったんだと思うのよね。こうして、亡くなったあとのことを託していたくらいなんだから」

鼻の奥がつんとなって、作り笑いでごまかす。

誰かが死んで、悲しいと思ったことはこれまでの人生で一度もなかった。どんなに親しくても、葬儀で涙でも見せようものなら、冥府から舞い戻ってきそうな老人しか里にはいなかったし、そもそも、穂乃香以外に陽菜子が強い思い入れをもつ相手などいなかった。

だけど会長は。

会長だけは。

「……そろそろ、お暇させていただきますね」

和菓子をいただき、緑茶を飲み干してから、陽菜子はもう一度、祭壇の前で手をあわせた。

「あら、もうよろしいの？」

「はい。夜分にもかかわらず、おもてなしありがとうございました」

「創にも挨拶させようと思ってたんだけど、あの子、今日は帰りが遅くって」

「気になさらないでください。会長のご指示で参っただけですから」

今日の和泉沢に、定時を過ぎてもびっしり予定が詰まっているのは、社内システムで確認済みだ。もし暇をしているようなら、足止めするための何かを作為しなくてはならないと思っていたから、ほっとした。鉢合わせると面倒だし、何より陽菜子が、今はまだ和泉沢と正面から向きあう気にはなれなかった。

だから本当は、通夜にも顔を出すつもりはなかったのだ。

通夜も告別式も身内を中心に行われると聞いていたし、会社関係者に向けては後日、「お別れの会」が催されるというから、自分の立場ではそれに参加するのが筋だと思った。けれどそれをメールで返信したところ、

「あんなに世話になっといて何を不義理なことを言っとるか！」

と、朝になって大河内から一喝する電話が入った。

與太郎の昔馴染みである大河内は、忍びとしての陽菜子にとって、師匠であり主君ともいえた。彼自身は忍びというわけではないが、陸軍中野《なかの》学校で教官を務めた父親をもち、忍び以上に忍びらしい佇まいと迫力をそなえている。そんな彼に、口答えなんてできるはずもないのだが。

「いやでも、プライベートで親しい人だけってことですし……わたしが行くのもなんか変っていうか、和泉沢も気を遣うでしょうし……」

ともごもごしていた陽菜子に、大河内はわざとらしくやわらかな口調で続けた。

「ああ、そりゃあ悪いことしたなあ。あんたは長いこと、勤めの一環で足を運んで接待将棋を指しとったんだな。いや、これは気づいてやれなんで申し訳なかったわい」

そうして陽菜子の返事を待たず電話を切られたすぐあとに、図ったかのように和泉沢からメッセージが届いた。

〈深夜、じいちゃんが亡くなりました。通夜は今晩です。身内だけのものだけど、じいちゃんが喜ぶと思うので、都合がつけば会いに来てくれると嬉しいです。〉

その言葉選びが和泉沢らしくて、胸の裏側がきゅっと縮むような心地がした。

行かないわけにはいかなくなって、クリーニングから戻ってきた状態のままにしてあった喪服を引っ張り出した。陽菜子だって、最後の別れが直接告げられるのならば告げたかったから、何も問題はなかったのだが。

——来てくれたんだね。

通夜で陽菜子を見つけたとたん、ほっとしたように表情のこわばりをといた和泉沢に、愛おしさと未練がこみあげてくるのを知って、陽菜子はわずかに後悔した。もう大丈夫、和泉沢に会っても何も思わない、なんてただのまやかしに過ぎなかった。会社では大丈夫でも、こうしてプライベートで、個人と個人として向きあってしまえば、押し殺していた感情がいとも簡単に溢れだす。

これまで彼が陽菜子に持ち込んできた厄介ごとなんて比にならない、巨大な悲しみの渦に呑まれかけている彼に、以前のように手をさしのべることができない自分が、口惜《くや》しくて仕方なかった。

告白なんて、されていなかったら。

変わらず、ただの同期で、友達のような関係でいられたなら、彼がつかのま弱音を吐き出す場所にもなれたかもしれないのに、と。

「無理するんじゃないわよ」

とだけ、帰り際、和泉沢に伝えた。

「あんた、ぼんくらのくせに、ときどき妙に背負いたがりなんだから」

そう言うと、和泉沢はいつもどおり、へにゃっと笑った。

「まあでも、今しっかりしないといつするんだ、って感じだからね」

「……話なら、いつでも聞くから。気が向いたら、ランチにでも誘って」

そんなふうに陽菜子から歩み寄ったのは、ただの同期だったころからもなかったことで、和泉沢は驚いたように目をしばたたいたあと、言った。

「うん。……ありがとう、望月」

でもきっと、和泉沢が陽菜子をランチに誘うことは、きっと、ない。

そんなふうに言っておきながら、いまだに陽菜子は和泉沢を避けている。

——考えない。これ以上は。

家の外に出ると、陽菜子は線香の煙を吸い込むようにゆるゆると息を吸って、吐いた。そして腹の前で組んだ両手は動かさず、心のなかで、イメージだけで九字《くじ》を切る。迷いを、断ち切るように。自分のなすべきことだけを、その身に刻みつけるように。

気配を察したのは、会長の邸宅から自宅とは反対方向に向かって歩いているときだった。

駅を越えた先には霊園がある。木々の多い公園や墓地を通過するのは、任務に就いているときよく使う手で、一歩足を踏み入れれば仮に追尾があったとしても容易に撒《ま》ける。けれど、手ごろな墓石の陰に隠れて相手の気配を探っていると、それがひどくなじみのあるものであることに気がついた。

「……こんなところまで追いかけてきて、なんの用？」

よほどの間抜けでない限り、気配を漏らすのは、対話の意思を示したということだ。陽菜子もまた、潜めていた気配をとくと、梅雨闇に浮きあがるようにして、彼の全体像が現れた。

「大河内の世話になっている甲斐はあるようだな」

トレードマークの七三分けも銀縁眼鏡もなくし、パーカーにジーンズという大学生のようないでたちをしているのは、まぎれもなく惣真だった。彼を知っている人間から見たら柄にもない、だけに、変装としては完璧だ。

「……なんで」

陽菜子に用があるのなら、いつものように家で待ち構えていればいい。そもそも、今日、駒込《こまごめ》に行くことは誰にも知らせていなかったのに、どうして後をつけてきたのか。陽菜子の言動は見張られているとはいえ、四六時中、陽菜子にかまっていられるほど里の忍びは暇じゃない。関東の忍びをたばねる立場にある惣真が、本業である外務省での激務のさなかに、どうしてみずから足を運ぶような真似をするのか。

答える意思は見せず、惣真は逆に、聞き返す。

「和泉沢の家で何をしていた。会長もぼんくらもいないのに」

「あんたに関係ないでしょ」

「あるかないかは、俺が決める」

「華絵さんから連絡をもらって、思い出話にお付き合いしてきたのよ。たいした意味はないわ」

「その格好でか?」

言われて、陽菜子は自分の服装を見下ろした。たしかに陽菜子がふだん着ないような、紺色のジャケットにパンツスーツといういでたちだが、

「それこそあんたに関係ある?」

挑発するように鼻を鳴らしてやると、惣真は忌々しそうに鼻にしわを寄せた。

不思議だった。

少し前までは、惣真と相対するたび——レストランでの会食のような、砕けた場でもなく、こんなふうに忍びとして相対させられるときは、だ——いつも胃が縮みあが

るような感覚を覚えていたのに、今日はそれが薄らいでいる。惣真の言うとおり、大河内のもとで週に二度、稽古をつけてもらっている経験は無駄になっていないらしい。気を抜けば一瞬で食われてしまいそうな、一分の隙もないもののふのごとき大河内の気迫に比べたら、惣真の威圧にはまだ耐えられる。

「そんなことより、この間からいったいなんなわけ？　あんた、わたしを使っていったい何をしようとしているの」

「人聞きが悪い。許嫁《いいなずけ》にプロポーズして、なんの問題が？」

「だから、あんたがプロポーズすること自体、おかしいのよ。プロポーズって知ってる？　求婚よ？　求める、って書くのよ。わたしにはあんたと結婚するより道がないって常に上から目線で偉そうにしてきたあんたが、いまさらわたしに、結婚してくださいなんて跪《ひざまず》くような行事を、形だけでもするわけない」

「心外だな。俺にだって人の心くらいはあるさ。一方的に俺の前から去った女を繋ぎとめるためなら、プライドを押し殺して下手に出るくらいのことはする」

「人の！　心！」

あまりにしらじらしすぎるその言葉に、つい、声が大きくなる。

「むしろ、だからこそでしょうよ。一方的にあんたを斬り捨てたわたしだからこそ、絶対、下手になんて出るわけがない。わたしから結婚してくださいって言わざるを得ない状況に追い込むなら、まだ納得がいくわよ。それなのに初手があんなベタなプロポーズだなんて、何かを企んでいるとしか思えない」

「やれやれ、信用がないんだな」

「あるわけないでしょ！」

惣真とはじめて出会ったときのことは、今でも鮮明に覚えている。

陽菜子が五歳、惣真はわずか三歳だったけれど、すでにほかの子どもたちとは何かが違うことは、そのたたずまいから明らかだった。

すでに父が陽菜子に見切りをつけたことは里全体に伝わっていて、望月家の婿の座を狙う動きがそこかしこで起きはじめていた。里の総人口は三百人にも満たないため、陽菜子と歳の近い男子の数はそう多くはなかったけれど、十歳差程度なら許容範囲だろうと息子を売り込もうとする家が相次いだのだ。

だが一方で、彼らは最初から、陽菜子の歓心を買おうなんて気はさらさらなかった。出来損ないの頭領娘の婿になってやるのだ、望月家の不始末を自分たちの才覚で帳消しにしてやるのだという、不遜な態度を隠さなかった。

今でも、思い出すだけで辟易《へきえき》する。

小学校に入る前の少女の婿に誰がふさわしいかを、十五歳以下の男児全員で競いあうなんて、おぞましいことこのうえないが、里ではそれを咎《とが》める者は、陽菜子の実母を含めて一人もいなかった。

そんな自分の身の上が、陽菜子はいやでいやでたまらなかった。

だけど一方で、父の期待に応えられない、忍びとしての才覚をまるで発揮できない自分の不出来が、情けなくてたまらなかった。

だけど、惣真は。

惣真だけは、欲望をぎらつかせる男たちのなかで、一人、異彩を放っていた。

おそろしいほどに平淡な表情で、子どもらしからぬ研ぎ澄まされた空気を漂わせながら、惣真はただ、それが自分の務めだと言わんばかりに、静かに、気づけば、陽菜子のそばにいた。

口では無能だの鈍間だのなじりながら、亀の歩みで修行する陽菜子を惣真は決して見捨てなかった。一方で、陽菜子を引き立て役にするまでもなく、忍びとしての神童ぶりを発揮しはじめ、未就学児とは思えない結果を残し続けた。そうして惣真も小学校にあがるころには、陽菜子の隣に居座るのは彼しかいないという了解が、暗黙の裡に里中に伝播《でんぱ》していたというわけである。

それがすべて計算ずくだったことは、ほかでもない陽菜子がよくわかっている。

惣真がどれだけ優秀でもその上には兄の凌《しのぐ》がいて、向坂家の跡継ぎになることはできない。むしろ次男の身の上を逆手にとって、陽菜子の夫となり、里を率いる立場を得たほうがずっといい、と最初から考えていたに違いないことは、誰よりもそばにいた陽菜子だからこそ、聞かずともわかった。

三歳の子がまさか、というのは里の外の発想だ。そうした並外れた子が生まれることは、現代では多くはなかったけれど、忍びのあいだでは珍しいことではない。

惣真の行動の裏には、いつも合理的な、先を見据えた計算がある。

今さら陽菜子を求めるからには、それなりにのっぴきならない事情があるに決まっているのだ。

「ねえ。なんでよ」

答えるはずがない、とわかっていながら、聞く。

あんたなんか信用しない、と念を押すように。

「お前こそいつまでＩＭＥにいるつもりだ」

惣真は答えず、再び問い返す。

「敬愛していた会長は死んだ。社長の舵取りじゃ、お前の夢見た理想郷にはたどりつけないだろう。忍びとしての自分は捨てられないと悟り、ぼんくらにも別れを告げた今が、いい頃合いなんじゃないか」

「いい頃合い？」

「幼稚な反抗期とおそろしく長引いたモラトリアムに終わりを告げて、里に戻るんだ。それなりの罰則は用意されるだろうが、頭領も交渉には応じるだろう。俺がとりなしてやる」

「……最低限の根回しって、そういうこと」

頭のてっぺんからすっと血の気が引いていくのがわかる。

柳という、共通の敵に、ともに立ち向かって。

忍びとしての自分を捨てぬまま、里の外から、惣真たちと手を組むことのできる道を陽菜子は提示した。未熟ながらも一人で立とうとする陽菜子を、惣真は認めてくれたのだと思っていた。対等に、手をとりあえたような気がしていたのに。

それがすべて幻想だったと思い知らされて。

「少しは、わかってくれたと思ってた」

「都合のいい期待を寄せて落胆するのは三流以下のすることだな」

「めざす流儀が違うだけよ。あんたこそいい加減、自分の理想にわたしを引きずり込もうとするのはやめて」

陽菜子は、鞄から木箱をとりだすと惣真に近づき、その胸元に押しつけた。

「返す。こんな茶番は、二度とごめんよ」

「いいのか」

「何がよ」

「俺を和泉沢の家によこしたのは、誰だと思ってる？」

陽菜子ははっと口をつぐんだ。

「……まさか」

「その指輪、突き返すつもりなら俺にも考えがあるぞ」

息を吸って、倍の時間をかけて吐く。息が切れない程度に短くそれをくりかえし、血液が沸騰しそうになるのを、陽菜子は懸命に鎮める。

そして、

「あんたと結婚する未来なんて、一生、こないわ」

きっぱりと、言い放った。

それでも、木箱は、再び自分の鞄にしまう。

惣真はわざとらしくふふんと笑うと、肩をすくめた。

「いつまでたっても相容れないな、俺たちは」

「……ほんとにね」

重たく湿った空気がのしかかるなか、風まじりに雨粒がひとつ、陽菜子の頰にぽたんと落ちた。

2

事件は、初七日の席で起きた。

「いったい、どういうおつもりですかな」

父の表情筋がこれほどわかりやすくこわばっているのを、創が見たのは兄の出奔以来のことだ。もともと身内に対しては仏頂面だが、感情をむきだしにするタイプではない。いかにも好々爺然《こうこうや》とした祖父とは正反対だが、不機嫌になるほど表情が薄くなり、口調も淡白になっていくところは似たようで、氷嵐の吹き荒れるような二人の口論が始まると、創と祖母はいつもそそくさと逃げ出すのが常だった。

そんな父が、唯一の喧嘩相手である祖父を失った今、頭頂部から噴火しかねない形相で、初対面の相手を睨みつけている。

「わたくしは、與太郎氏のご遺志に従っているまでです」

年のころはおそらく、三十代の後半。化粧っけのなさと飾り気のない地味な眼鏡、ころんと丸い頬や背中のせいで、図書館通いをする中学生のような印象も受けるが、父に負けず劣らずの無表情と淡々とした物言いに、一筋縄ではいかないものを感じさせられる。

大河内に連れられてやってきた彼女は、どうやら彼の秘書らしい。どこかで会ったことがあるような気がするのはそのためだろうか。場の緊張感から逃れるため、大河内の家を訪れたときの記憶を懸命にたどってみるけれど、言葉をかわした場面には至らなかった。

「だから、赤の他人のあんたが、どういう権限があって人の家に土足で踏み込むような真似をしているのかと聞いているんだ」

そうこうしているうちに、父の怒気が部屋の空気をびりびり揺らした。「お前こそどういう了見で人様にそんな乱暴な態度を！」と遺影の祖父が文句を言うのが聞こえる気がする。けれど秘書の彼女——そういえば名前はなんだったか——は、動じる様子を見せなかった。その態度もまた気に食わないのか、彼女が何かを言う前に、父は彼女の隣にあぐらをかいて座る大河内に矛先を転じる。

「大河内さん。父が公私ともにあなたの世話になっていたのは承知していますし、感謝もしています。だが、さすがに出すぎてはいませんか」

「そんなこと言われてもの。あたしには一切、あずかり知らぬこと」

「そんなわけ……あなたの秘書なんでしょう⁉」

「秘書の一人、というより万事屋《よろずや》だとあたしは思っているがね。この人の手が必要なときに手伝ってもらうだけで、あたしと専属契約を交わしてるわけじゃない。今でいう、フリーランスってやつさ。だから與太がこの人に何を頼もうと、あたしの知ったこっちゃないね」

「そんな無責任な……！」

「あたりまえだろう。あたしはただ、顔をつないだだけさね。家族に知られず、用事を済ませてくれる、信頼の置ける者はいないかと聞かれたから、教えた。文句なら、大事な話を直接してもらえなかった己の不甲斐なさにつけるんだな」

創は正座をしたまま畳の目をあてどなく数えはじめた。自分にも無関係な話ではない、のは重々承知していたけれど、憤死しそうな父の震えた握り拳が視界にちらりと映っただけで、耐えられなかった。

発端は、祖父の遺言書を開封したところから始まる。

初七日の法要は通夜と同じ土曜に行うこととし、遺言書を読み上げるのもその日にしよう、と祖母の華絵が言うのを押しきって中身をあらためようとするほど、父も自分本位ではなかった。創も少し、ほっとした。すでに破綻しかけた関係とはいえ、正面切って決裂したいわけじゃないし、そもそも争いごとは苦手なのだ。だから一週間かけてじっくり覚悟を決めたうえで、今日に臨んだわけなのだが。

肝心の、株式相続についての遺言書だけが、なかったのである。

「大河内さまのおっしゃったとおりです。本日は、大河内さまではなく亡き與太郎氏の使いとして参りました」

敬称を使うのは、大河内は無関係であることをことさら強調するためだろう。丸い背中を彼女なりにぴんと伸ばしながら、淡々と続ける。

「再度、申し上げます。株式相続についての遺言書は、公証役場ではなく、しかるべき方の手で保管されております」

「だからいったい、誰なんだそれは」

「それを捜し出すのがお二人の……亘さまと創さまのお役目です」

創は、畳から目を離した。

「遺言書を見つけ出した方に、株式をすべて譲渡するというのが、與太郎氏のご遺志ですから」

「戯《たわ》けたことを……あんた、自分がいったい何を言っているのか、わかってるのか」

「と、申しますと」

「これは、会社を誰が引き継ぐかという問題なんだぞ。そんな、気まぐれ遊びで決めていいことじゃない！」

「それは……わたくしに言われましても」

「だいたいなんだ、こんな重要な話をするのに名乗りもせず。無礼だと思わんのか！」

「それは申し訳ございません。……ですが」

眼鏡の奥で、彼女はすっと目を細める。

「先ほど大河内さまからご説明いただいたとおり、わたくしはさまざまな方から万《よろず》事《ごと》を承っている関係上、名乗りを統一しておりません。ご用命以外で関わることもございません。今回、與太郎氏から依頼されたのは、大河内さまとご家族のみなさまのいらっしゃる場で株式相続に関するご遺志をお伝えすること、そして最終的にお二方のどちらに遺言書が渡るのか見届けることだけ。わたくしの名前などとるに足らないもの、どうかお捨て置きくださいませ」

そう言って、畳に両手をつき、両肘を軽くまげて頭を下げる。行のお辞儀だ、と創は昔、祖母に教えられたことを思い出す。茶道の師範である祖母から教えられた、畳の上での敬礼。その姿勢のあまりの美しさに見とれていると、父も圧《お》されたのか、押し黙った。

「わざわざ大河内のじいちゃんを同席させたということは、遺言書は別の人が持っているということだよね？」

ようやく口を開いた創に、大河内はにやりと笑う。

「創もちょっとは頭を使えるようになってきたようだの」

「こうなるってことは、知ってたの？」

「寝耳に水……と言っても信じんだろ。だが言うておくが、あたしはなんも入れ知恵しとらんよ。全部、與太が考えて決めたことだ。あたしならこんな面倒くさい手はとらん」

「そうだね。……すごく、じいちゃんらしい」

創が苦笑する一方、我慢ならん、というように父は足を踏み鳴らして乱暴に立ちあがった。

「……どこまで人を虚仮《こけ》にすれば気が済むんだ、あの人は」

食いしばった歯の隙間からこぼれでた言葉から、滲みだすのは怒り以上の屈辱感だった。

「申し訳ないが、失礼する。やらなきゃいけないことが山積みなんでね」

止める声は、ひとつもなかった。

父が家を出ていく音が聞こえてようやく、微動だにせず気配を潜めていた祖母が口を開く。

「お茶にしましょうか。万事屋のお嬢さん、よろしければ手伝ってくださらない？　報酬は、おいしい和菓子とお抹茶でいかが」

そのたおやかな笑みに虚を突かれたように、女性は目をしばたたく。そして、

「……及ばずながら」

と小さくうなずくその口元に、かすかな笑みが載るのを見て、なぜだか創の心は小さくざわめいた。

「やっぱり、ぼくに会社を託すのが不安になったのかな」

大河内と二人きりになった和室で、和泉沢はぽつりとこぼす。

株式はすべて創に譲渡する、と生前の祖父は言っていた。祖父の持ち株は40％、

創は4・75%。そこに、かつて会社の設立にも一役買ったらしい大河内の10%が加われば過半数を超える。取引先の銀行は、現社長の父よりも、祖父と大河内の意向を尊重する向きが強いから、それが祖父の遺志とわかれば彼らの保有している15%も上乗せされる。そうなれば、父がどんな画策をしたところで、創が社長の座に就くことは決定的となる。

ぼんくらな坊ちゃん、ゆえに〝ボン〟と社内であだ名されていることが、本人の耳に届くほど軽視されている創だが、人柄と地頭が悪くないことだけは誰もが認めるところである。古参の役員を立てつつ、大河内を後ろ盾に経営を学び修業を重ねていけば、それなりに見られるものになっていくだろう、というのが一応の見通しだった。

……はずだったのだけれども。

「あいつの考えることは、ときどきあたしの理解も超えるからな。死を目前に、あとさき考えるのをやめてふざけてみたくなったのかもしれん」

「だとしたら、それもまた、じいちゃんらしいんだよなあ」

床の間に飾られた掛け軸の「日々是好日」の文字を見つめる。

丸いのに妙に迫力あるその筆文字は、祖父の手によるものだ。毎日が好い日であるように、という意味の禅語。ありきたりかもしれないけれど、自分とまわりの人たちが日々、笑顔で過ごせる人生であってほしい、と祖父はいつも言っていた。そのためには多少のおふざけも必要だ、と。

「だから父は私に與太郎と名づけたんだよ。意味のあることばかり求めるようなつまらない人生になってはいけない。与太話で誰かと笑いあえるような心の豊かな人間に育ってほしい、と願いをこめてね」

そんなふうに、顔も知らない曽祖父の思い出話を聞かされたこともある。

「ほんに、頭のてっぺんから爪先までふざけた男だった。いつのまにか業界のカリスマなんて持ち上げられおって、澄ました顔でそこらじゅうに写真が載るもんだから、忌々しいことこのうえなかったわい」

「けっこう、いたずら好きだったよね。ときどきじいちゃんがごはんをつくってくれることがあったんだけど、餃子とかおにぎりとか、具を包む系のものが多かったんだよ。で、絶対にハズレを仕込むの」

「そんなのはかわいいもんだ。あたしの秘蔵酒をいつのまにか空にして砂糖水に替えよったときは、息の根を止めてやろうかと思ったが」

おおそうだ、あのときの借りを返さねばな、と大河内は祭壇に供えられた四合瓶をつかんで膝元に寄せた。そして祖母が出した煎茶を飲み干すと、その湯呑みに日本酒

をなみなみと注ぎ、

「おぬしは瓶から直接飲め」

と、蓋を開けたまま瓶を遺影の前にでんと置いた。

しばらく二人きりにさせてあげたほうがよいだろうか、と腰を浮かしながら「そういえばさ」と気になっていたことを聞く。

「大河内のじいちゃんが先に遺言書を見つけたら、そっちに譲渡されるってことはないよね？」

たしか事業承継税制の特例措置で、今は、親族でなくとも株式譲渡には相続・贈与税がかからないことになっていたはずだ。

銀行を味方につけている大河内が祖父の株式をわがものにしてしまったら、容易に社長の座を奪われてしまう。現社長……父の派閥からは煙たがられているとはいえ、創よりはマシだと思う社員も多いだろう。

「さてな」

と、大河内は唇をひんまげる。

「ま、亘の奴は警戒する相手が増えてひやひやしとるだろうな。何をやりに帰ったんだか……あたしもしばらくは身辺に気をつけたほうがよさそうだ」

「そんな、物騒な……」

「後継争いっちゅうんは、いつの世も物騒なもんだ。実の親子とはいえ、おぬしも何をされるかわからん覚悟で臨んだほうがよいぞ。その覚悟がないのなら、最初からレースには参加せんほうがいい」

「でも」

「あたしには今さら、会社を手に入れようなんて欲はない。しょせん、部外者だからな。だが……亘とおぬしのどちらも與太の遺志を引き継ぐにふさわしくないと判断したら」

「……したら？」

「ま、まずはお手並み拝見ってとこだな。せいぜいあたしらを楽しませておくれよ」

なあ、與太。

と語りかけるようにして、水のようにぐいと酒を飲み干す大河内の背中を見ながら、創は自分がひどく複雑な立場に立たされていることを、今さらながらに、思い知らされたのだった。

＊

その日は朝から、見張られているような気配を陽菜子は感じていた。

誘いをかけるためあえて匂わせた惣真のそれと違って、最初からだだ漏れている。放っておいたのは、こんなにも気配を消すのが下手な忍びを陽菜子は一人しか知らないからだ。以前尾けられていたときは、多少なりとも息を潜めようという努力が察せられたものだが、それが己の弱点だとすでに陽菜子に明かしているせいか、今回は開き直っているようにも感じられる。

——警備員の仕事は、辞めたはずだけど。

ときどき社内でも気配が匂いたつので、あたりをうかがってみるも、それらしき人は見当たらなかった。

忍ぶこと以外は優秀、と自負していたとおり、変装は案外うまいのかもしれない。

それにしても、いったい、何が目的なのか。

追尾とは、基本的に相手に気づかれないように行い、情報を盗む、あるいは攻撃を仕掛けるためのものだ。彼のように、忍べない、ことをあえて逆手に取るような相手とまともに対峙したことがないから、その真意をはかりかねて、そわそわする。こういうとき、里を抜けてから七年、忍びの技から離れていた時間が惜しく感じられる。あのときはもう二度と忍びの道には戻らないと決めていたのだから仕方がないのだけれど、もとから落ちこぼれだった自分が、大河内のもとで修練を積んだところで、いったいどれほどののびしろがあるのだろうと不安にもなる。

「資料、できたか？」

まだ午前中だというのに仕事に身の入らない陽菜子に気づき、声をかけてきたのは課長の森川俊之《もりかわとしゆき》だった。

「アフリカの件、地質調査の見積もりが今日までだっただろう。さっき、鵜飼《うかい》から追加で現地データが送られてきてたが」

「あ、それはもう反映してます。あとは細かい数字を調整するだけなので、森川さんが会食に出る前に渡せますよ」

「だったら余裕あるな。昼飯、つきあえ」

「へ⁉」

「さっさとしろよ。俺は午後からも会議が立てこんでいる」

そう言って森川は、陽菜子の返事も待たずにエレベーターホールへと向かう。ちょうど陽菜子をランチに誘おうとしていたらしい鞠乃が、ななめ向かいの席で財布を片手に腰を浮かせながら、アイラインのしっかり引かれた目をしばたたく。

「望月さん、いま、森川さんからランチ誘われてました？」

「……まりちゃんにも、そう聞こえた？」

「聞こえましたあ。えー、やだ。せっかくの梅雨晴れなのに、台風くるんじゃないですか？」

孤高、というほど突っ張ってもいないが、森川は基本的に同僚との馴れ合いを嫌う。上昇志向が強いから、評価にケチをつけられるような態度は徹底して避けるけれど、課の飲み会も歓送迎会といった名目があれば参加するだけで、二次会以降も残ることはほとんどない。なんでもない平日に飲みに行く、なんてこともめったにない。オンとオフのけじめもはっきりしているから、仕事の話があるなら必ず、打ち合わせの時間をもうける。つまり、ランチに誘われるなんて、同僚たちをざわめかせる程度には珍事なのだ。

「……わたし、何かミスしたかな？」

「それならランチじゃなくて会議室で詰められますよ」

「だよね」

「あっ、もしかして望月さん、昇進とか？」

「ありえないし、だとしてもやっぱり会議室でしょ」

「ですよねえ」

うーむ、と二人そろって首をかしげるも、答えが見つかるはずがない。

「とりあえず、私とはまた明日ってことで、今日は森川さんとごゆっくり」

「そうね。待たせると怖いし、行ってくる」

気乗りしないが、しかたがない。陽菜子は財布とスマホを手にとり、森川を追いかける。案の定、エレベーターの前で森川は、眉間にしわを寄せて仁王立ちしていた。

「遅い」

「いや、いきなり言われましても。データの保存とかいろいろ、ありますから」

「カウンターのカレー屋でいいか」

「聞かないでくださいよ。選択の余地、ないくせに」

「言っとくけど、奢《おご》らないからな」

「……これ、パワハラに該当しません？」

ため息をつきながらも、おとなしくついていくのは、それなりに重要な話が待っているいると察せられたからだった。カウンター席を選ぶのはおそらく、ほかの客に背を向ることで唇の動きを読まれにくくするためだ。

陽菜子と出自は異なるが、森川もまた里を抜けた忍びである。自分の能力は自分のためにだけ使い、誰の傘下にも入りたくないと言うだけあって、その実力は惣真も一目を置くほどだった。そんな彼が、唇をほとんど動かさずに発する忍びの声を読みとることは、どんなに優秀な忍びでも容易でないはずだが、念には念をということなのだろう。つまりは、警戒すべき手練《てだ》れが周辺にいる可能性を示唆している。

「アフリカの件、じゃないんですよね」

「だったら社内で話すよ」

きっちりしている、ところは上司としては好ましいが、落ち着かなかった。仕事以外でなんの話をするのか、陽菜子には思い当たるふしがない。

十二時前だからか、店にはすんなり入れた。

夏野菜と牛肉のカレーを注文すると、とろとろに煮込まれた塊肉がひとつと、素揚げした野菜が盛りつけられていて、想像以上に豪勢だった。「うち、ボリュームけっこうありますけど、ライスの量はどうしますか」と店員が聞くのもうなずける。

「そこそこ洒落《しゃれ》てうまいもんをガッツリ食いたいときに来るんだ」

と言う森川の皿には塊肉が二つも並んでいる。

基本的に、忍びはよく食べる。鍛え抜かれた身体は代謝がいいのか、食べられるときに食べて蓄えておかねばという生存本能が働くからなのか、老若男女問わず、健啖《けんたん》家《か》であることが多い。陽菜子も、とくに修行のため大河内のもとに通うようになった最近は、エンゲル係数が増加していて、懐が地味に痛い。里で生産している兵糧丸を食べれば一粒でかなりの栄養素と満足感を得られるのだが、それはそれで安くないので、悩みどころだった。

食べなければ食べないでどうとでもなるし、二日、三日の断食くらいで弱るようなやわな身体ではないので、バランスをとればいいだけの話なのだけど。

「で、あれはなんだ？」

食べはじめて早々に、森川が聞く。

「あれ、とは」

「今朝からずっと、お前に張りついてるのがいるだろ。近くにいる俺まで気配が飛んでくるから、煩わしくてしょうがない」

「ですよね。やっぱり、気づきますよね」

「気づかないわけあるか。いったいどんな修行をすればあんなドヘタが育つんだ」

「いやあ、まあ、生まれつきの性質みたいですけどね……」

忍びなのに、忍べない。

どう頑張っても、気配が消せない。

そう、塚本《つかもと》と名乗る彼は、自嘲気味に言っていた。

数か月前から、陽菜子が森川とともに参加しているODAのプロジェクト。協力を要請してきたのは外務省――惣真だった。ところが成立も目前だったアフリカ諸国の政府との交渉に、中国が突如として名乗りをあげて、参入してきた。契約を先取りしようと裏で動いていた中国が、IMEの社外秘資料を奪うために放った刺客の一人が塚本である。塚本は、IMEの警備員として陽菜子に近づき、隙をうかがっていた。

そしてその塚本が、陽菜子や惣真――八百葛と因縁をもつ「柳」と呼ばれる忍び集団の一員であることも、そのときに知った。

「柳も、とんだぽんこつを抱え込んだものだな。それとも、どんなに有能な組織にも、ろくでもないのは必ず生まれるってことなのか」

陽菜子の説明を聞いて呆れ返るように言った森川が、和泉沢のことを思い浮かべているのは間違いない（森川は和泉沢ののほほんとした坊ちゃん面を見るだけで虫唾《むしず》が走るらしい）。だけでなく、おそらく八百葛における陽菜子も含まれているのは聞かずともわかったので、曖昧に相槌を打つにとどめた。

「それにしても柳もしつこいな。よっぽどお前と向坂のことが憎いのか」

「まあ、目障りなんでしょうね。こっちからすれば、逆恨みもいいとこですが」

今、柳一派の頭領を務める凜太郎《りんたろう》という男は、陽菜子とは遠い親戚にあたる。

彼の曽祖父はもともと、八百葛の頭領となるはずだった男なのだが、不本意に里を追い出された恨みが引き継がれているらしい。ゆえに、頭領の一人娘である陽菜子と、次期頭領と目されている惣真に対する遺恨も深い。とくに凜太郎は、陽菜子たちと歳が近いせいか――はっきりとはわからないがおそらく三十を少し過ぎたくらいだろう――近頃やたらと敵意を燃やして、絡んでくる。たまたま任務でぶつかりあうことが多い、というのではなく、正面切って陽菜子たちに喧嘩を売るために中国企業側に立つ任務を選んでいるのだろう、というのが陽菜子たちの見解だった。

「でも、アフリカの件は一応、丸くおさまったんですよね？」

「まあ、入札もほとんどうちで決まったからな。向坂と相談して、掘削業者に一部、中国の企業を参入させることでバランスとろうって話になってる。柳のメンツも多少は保たれただろうし」

「今のところ、邪魔してくる気配はなさそうですね」

「ま、忍びってのは元来、自分たちの害にならないことには無関心な奴が多いしな」

「逆に、害にならなきゃ何やってもいいって忍びもいますけど。森川さんとか」

「人聞きが悪いな。上司の悪口は、査定に響くぞ。それに現時点で、あのうっとうしい気配は、俺にとってかなりの害悪だ。一刻もはやくなんとかしろ。耳元でずっと羽虫が飛んでるみたいでイライラする。どうせ虫なら叩き潰してやろうかと思ったが、探すとうまいこと逃げやがるから、よけい腹が立つ」

「やっぱり。森川さんでも見つけられませんか。わたしも、何度か試してみたんですけど、さすがに変装はしているみたいで」

「このぶんだと、向坂にも張りついているんじゃないのか。何か、あいつの近辺で変わったことはないのか？」

「特段……何も聞いていませんけど」

あったとしても、陽菜子にまっすぐ情報が降りてくることなど、ない。穂乃香とて、陽菜子のことは里の部外者と認識しているから、よほどのことがなければ漏らさない。

だがもしかして。

唐突なプロポーズは、柳との何かに関連することなのだろうか。

頭領筋の陽菜子を、急いで名実ともに嫁にしなくてはならない事態が起きた？

でも柳は、八百葛を恨んで、叩きのめしたいと願ってはいても、今さら里で返り咲きたいなんて思っていないはずだ。しきたりに縛られず、自分たちの望むとおりに生きる。そんなふうに、これまでとは違うありようで忍びの矜持《きょうじ》を貫いていくのが彼らの本意ではないのか。

――諦めたわけではないので。

別れ際、塚本はたしかにそう言った。

陽菜子の本質はむしろ柳に近いはずだと、一派に入ることを誘ってきた彼が、今もなお陽菜子を尾けているということは。そこに害意がないとしても、むしろないからこそ、実はとても深刻な事態が潜んでいるのではないか――。

考え込んでいることを悟られないよう、陽菜子はカレーをスプーンですくって口に運ぶ。濃厚でとろみのあるルゥにはおそらく何種類ものスパイスがブレンドされていて、胃袋が刺激されているのは感じるのに、まったく味わう気持ちになれない。

「目障りといえば、最近、和泉沢がお前に会いに来ることがなくなったな」

陽菜子からそれ以上引き出せる情報はないと察したのか、森川もカレーに意識を戻して、話題を変える。

「ストレスの元が減って、森川さんにとっては快適でしょう」

「だからこそ、せっかくの平和をぶち壊してくれた、塚本とやらには殺意が湧いてるんだ。毎回、毎回、お前は俺を絶妙に刺激するもんを持ち込んでくれるよな」

「どっちも、うっとうしいのはわたしのせいじゃありません」

「で？　どうしたんだ。フラれたのか、フッたのか」

「森川さんのことだから、どうせ事の次第は知っているんでしょう？」

「お前とぼんくらの話はアキホと飲むいい肴《さかな》だからな。だが何事も一次情報にあたるっていうのが俺のモットーなんでね」

アキホというのは、銀座の高級クラブで働く穂乃香の源氏名だ。

過去に手を組むことになった際、惣真が連れて行ったのが最初だが、以来、なぜか森川は常連客となり、いやがらせのように穂乃香を指名しているらしい。

「で、どうなんだ」

「やめてくださいよ。そういうゴシップ好きおじさんみたいなしぐさ、森川さんらしくないですよ」

「社内で鉢合わせそうになるたび、露骨に隠れてるのを見てりゃ、つっこみたくもなるさ」

「そんなの気づくの、森川さんくらいですよ！」

「会ってないのか？」

「……会長のお通夜で少しだけ」

「へえ？　通夜に呼ばれるほどの仲だったとは。未来の社長夫人も夢じゃなかったのに、残念だなあ」

にやつく森川に、陽菜子のほうこそ、殺意が湧く。

そういう森川さんこそ、穂乃ちゃんと何かあるんじゃないですか。と言い返してやりたい衝動に駆られるが、生半可に踏み込めばこちらが怪我をすることはわかっていたので、ぐっとこらえる。

「それにしてもあの会長が、本当に亡くなるとはね」

米粒ひとつ残さずきれいに平らげた皿にスプーンを置いて、森川はグラスの水を飲み干した。

「理想論ばかり長々と語るいけすかないじいさんだったが、経営の手腕も人心掌握術も人並み外れていた。いつかまっこうからやりあってみたいと思っていただけに、残念だよ」

「やりあうって……」

「あの手のじいさんとは、向きあって話すだけで仕合をするようなもんだろ。お前もそうだったんじゃないのか？」

「まあ、そう……ですね」

将棋の盤面を挟んで向かいあっているだけで、いつも会長は陽菜子の迷いや弱さを見抜いてしまった。それは、仕合ですらない。泣くのを我慢している子どもが、一方的にあやしてもらっていただけのことだ。

「ああいう、内にも外にも影響力が強いのが死ぬと、どんなに整備された道も地割れを起こす。たぶんこれから、社内は荒れるぞ」

「そう……でしょうか」

「ストッパーのいなくなった今の社長は暴走しかねないし、それに……知ってるか？株式相続についての発表がされていないままらしい。もしかして、あのぼんくらが社長の座に就くなんて地獄もありえるんじゃないのか」

――本当に聞きたかったのは、こっちか。

森川も、隠す気はなさそうなので、わざとらしくため息をついてやる。

「知ってるわけ、ないじゃないですか。いくら和泉沢だって、相続の相談をわたしにもちかけるほどあほじゃないですよ」

「いやあ、どうかな。何かにつけて、望月助けて～って泣きついていた以前のあいつなら、やりかねないだろ」

「否定しきれないのが情けないところですが、今回に限っては本当に、知りません。わたしは森川さんほど社内情報に明るくないですし」

「何か情報仕入れたら教えろよ。ぼんくらが社長になった会社で働き続けられるほど、俺は神経太くないからな」

「……そうなったら、わたしも辞めようかな」

もともと陽菜子がIMEに入社を決めたのは、森川が言うところの理想論だらけでいけすかない会長の話に感銘を受けたからだ。会長のように、てらいなく希望を語る純真さは受け継ぎつつも、組織運営にはこれっぽっちも向いていない和泉沢が率いる会社で働き続けるのは、冷静に考えて、見通しが暗いような気がしてしまう。

——でも、そうか。

塚本が陽菜子を見張っているのは、惣真や里に絡んだことではなく、森川のようにIMEの今後を探るためかもしれない。IMEとは敵対する立場をとることの多い柳だが、経済や政治に影響を与えかねない情報を率先してとりにいくのは、忍びの基本だ。陽菜子が和泉沢からの告白を断ったことまでは、塚本も柳もさすがにつかんでいないだろうから、和泉沢のために陽菜子が動くと思われているのかもしれない。

であれば。

誘い出してみるのもひとつの手かもしれない。

なんて考えながら、陽菜子も空になった皿にスプーンを置いて、手をあわせる。細いのによく食べるねえ、と店長らしき男が嬉しそうに声をあげ、また来ますと頭をさげた。

会社帰り、散歩がてら公園にふらりと立ち寄ったのは、久しぶりに感傷的な気分になったからだった。

もともとは陽菜子の所属する資源開発課の課長だった和泉沢は、技術戦略室の室長として異動し、念願のエネルギー開発に思う存分注力できるようになったあとも、なにかにつけて陽菜子をランチに誘いにきた。

「望月って、本当においしそうに食べるよねえ。どこにおさまるの？ってくらいよく食べるのも、見てて気持ちいいから、つい誘いたくなっちゃうんだ」

そう言って。

ただの同期だったころも、好きだと言われたあとも、変わらなかったその習慣が途絶えて二か月になる。変なの、と思う。春に和泉沢が、一か月の長期出張に出ていたときも、さみしいなんて感じたことはなかったのに。カレー屋の店長に言われたたった一言で、こんなにも揺れてしまうなんて。

——出張のときは、いずれ帰ってくるとわかっていたから。帰ってきたら、また会いに来てくれるとわかっていたから。

気づいて、苦笑して、ベンチに座り、足を投げだす。

——懐かしいな。

この場所で陽菜子は、和泉沢に恋をした。

三年半前、木の葉を吹き散らす冷たい風に身をさらしながら、やけくそのように涙を流していた、あの冬の日。

入社前からつきあっていた恋人に、フラれた直後のことだ。当時は、完全に里と縁を切ったつもりでいたし、普通の女性として人並みの幸せを手に入れることだけが陽菜子の目的だった。だから当然、打算も下心もあったけれど、つきあう相手が誰でもよかったわけじゃない。この人となら幸せな家庭を築けるかもしれないと、生まれて初めて夢を見た相手だった。それなのに。

本当の顔を見せてもらえている気がしない、と彼は言った。

それが陽菜子を、何より打ちのめした。

落ちこぼれだった陽菜子にとっていちばんの得意技は変身術で、惣真でさえ事前に知らされていなければ気づかないほど完璧な別人になりかわることができる。それは、頭領たる父に見放された陽菜子が、これ以上がっかりさせたくないととにかく自己を殺して生きた結果かもしれないし、単に、究極に個性がないということかもしれない。いずれにせよ、陽菜子にとって唯一の武器であるそれを最大限に生かすため、陽菜子は限られた人以外に素顔を、そして本心を見せることはなかった。そんな陽菜子に彼は言ったのだ。本当のきみは、どこにいるの？　と。

目の前にいる相手をいくら大事に思って、今この瞬間、どれだけの誠意を尽くしても拒絶されてしまうなら、陽菜子にはもう、どうすることもできない。いくら落ちこぼれでも、里で培われた習性はどうしたって拭い去ることはできない。心は刃の下に抱き斬る――我心の一切を捨て去るのが忍びなのだから。恋人として互いに不利益がなく、順調に関係を育めていたのだから、それで十分じゃないか。それ以上、いったい何を求めるのか、と憤りさえ感じていた。

だから、泣いてみたのだ、とりあえず。

泣きたくなくても、命じられれば泣けるのが忍びだから。

別れを切り出しても平気そうにしている、となじった恋人はもういないのに、あてつけるようにこれでもかというほど涙を流してやった。そうするうちに二時間かけてつくりあげられた顔は崩れ、彼の望んでいた本当、にやや近いものがあらわになった。

そんな陽菜子の前を、和泉沢が通りかかったのだ。

「あれえ、望月。そんなところでなにしてるの？」

当時の恋人と腕を組んで、幸せそうに歩いてきた和泉沢は、別人の形相になっているはずの陽菜子に迷うことなく声をかけた。

それ以後も一度、別人に扮《ふん》しているところを見られたことがあるが、やはり和泉沢は疑うことなく陽菜子だと見抜き、そして、理由を問うこともなかった。

和泉沢はただ、陽菜子を、陽菜子としてしか、認識しない。いつだって。

あまりの衝撃で、あのときは呆然《ぼうぜん》とするしかなかったけれど。

その後も、まさかあんな唐変木《とうへんぼく》を好きになるなんてと、ずいぶん長いこと自分の気持ちに見ないふりをしてきたけれど。

会長の部屋から持ち出してきた紙を一枚、胸ポケットからとりだす。

それは、将棋の盤面を描いた手書きの絵だ。

ここで逆転の一手を繰り出さないと、七手で詰む。

そう悟って陽菜子が投了した盤面。

陽菜子と最後に指しかわしたそれを、会長は丁寧に、書き遺してくれたらしい。

——勝ち目がないと知れるとあっさり引くのは、あなた方の悪いくせだね。

あのとき会長は、そう言った。

——生き延びるために抗《あらが》うのもあなたたちの本来だろう。常識や倫理観の隙間を自由に泳ぐのがあなたたちだ。

あがけ、と。

可能性を切り拓くかもしれない一手を探せ、と。

けれど会長からの宿題は解くことができないまま、永遠の別れを迎えてしまった。

会長はなぜこの盤面を陽菜子に残し、そして回収させたのだろう。

いったい、何を伝えようとしていたのだろう。

そしてなぜ、陽菜子に。

——と。

そのとき、かちゃりと金具が重なりあう、不穏な音が耳に届いた。

身構えた瞬間、くの字型の手裏剣が飛んで陽菜子の手から紙を奪う。刃先に紙を引っかけたまま近くの樹に刺さったそれに、一瞬、気をとられた隙に、湿った空気を切り裂くように、今度は細長い何かが飛んでくる。とっさに両腕を前にかまえると、先に鉛玉をつけたそれは陽菜子の両手に絡まり、自由を奪った。

鎖、だった。

とりもなおさず地面を蹴って、後ろに引いた陽菜子の前を黒い影が飛ぶ。影は、樹に刺さった紙と手裏剣をすばやく奪い去ると、そのまま再び、飛んで逃げた。顔は、見えなかった。

——塚本じゃ、なかった。

気配にも、においがある。

それが見知らぬ相手であっても、なんらかの色は感じられる。だが今の影からは、なんの手がかりも得られなかった。じっと息を潜めているときならともかく、あれほど俊敏に動いてなお、無味無臭でいられるのはそうとうな手練れに違いない。

ひやりと、汗が一筋、背中に流れた。

今回は、陽菜子の動きを封じるのが目的だったようだけど、あの影に本気で狙われたら簡単に命も奪われる。腕を振り、鉛玉の重さで鎖を回転させながら、陽菜子は唇を嚙みしめた。

奪い去られたあれは、ただのコピー。

陽菜子以外が手にしたところでなんの意味もない代物だけれど。

——たぶんこれから、社内は荒れるぞ。

森川の言葉が、よみがえる。

どうやら陽菜子の知らないところで、何かが起こり始めているようだった。

＊

和泉沢創は、途方にくれていた。

事態の深刻さは理解しているのだが、いきなり遺言書を捜せ！なんてけしかけられたところで、なすべがないからである。

「あらまあ、あなた、そんなところで寝ていていいの？」

初七日からさらに一週間たった土曜日。

長い手足を放り投げて、縁側にだらしなく転がっている創を、華絵がさすがに呆れた様子で見下ろした。

「やることないんだったら、洗濯物とりこんでちょうだい。午後からまた雨が降るみたいだから」

「もうとりこんだよ。乾いたのは畳んで、残りは風呂場に干してある」

「じゃあ、卵と牛乳が切れているから……」

「それはさっき買って補充しておいた。散歩がてら、ばあちゃんの好きな中里の揚最中買ってきたから、お茶でも淹れようか。あ、じいちゃんにはもう供えてあるよ」

「……………あなたったら、もう。そんなにこまごま、働くんじゃありません！」

「ええ？　言ってること、最初と逆だよ？」

「そんなに、いつもいい子でいなくていいの。たまには私に、お説教でもさせてちょうだいよ。張り合いがない」

「むちゃくちゃだよ、ばあちゃん」

ぷりぷりと膨れている華絵をなだめ、枕代わりにしていた座布団に座らせる。

そこから、祖父がこだわってつくらせた枯山水を眺めるのが、創は好きだった。もちろん華絵も、だ。自分でやる、と言い張ってきかない華絵のほうこそ、祖父のいないさみしさをまぎらわせるため、毎日朝から晩まで家中を片づけ、隅々まで磨きあげているのを知っているので、創が台所に立ち、煎茶を淹れる。

甘いものを口にふくむと、華絵の癇癪も少しはおさまったようだった。

まるで孝行孫のように華絵は言うが、午前中に買い物を済ませたのは、単に、創自身がこの揚最中の甘じょっぱさを久しぶりに味わいたくなっただけだ。薄焼きの煎餅にあんこを挟んだそれは、ぱりっとした食感と塩気のなかにしっとりとした甘さが広がり、癖になる。薄くて小さいのでいくらでも食べられてしまうのだが、なかなかに人気で、とくに週末は午前のうちに売り切れる。

「それで？　捜し物は見つかったの？」

「うーん。まあ、そう簡単に見つかるわけないよね」

「呑気なこと言って……亘はきっと、鬼の形相で捜してるわよ」

「だろうね」

本当に、遺言書を見つけたほうに株式が譲られるのならまだいいけれど、そう言い残したのは祖父の最後の酔狂で、本当は父にとって不都合なことが書かれているかもしれない。だとしたらやはり先に見つけて、握りつぶしてしまおうと父は考えているはずだ。法定相続にのっとって分配すれば、まだ父に利はある。

「ばあちゃんは、どうするつもり？」

「ん？」

「もし父さんが遺言書を見つけたとしても、保有株は45％にしかならない。だから今、きっと、役員とかほかの株主に根回ししてるんだろうと思う。……ばあちゃんの5％も、なんとしてでも自分のものにしたいはずだよ」

そんなこと、華絵はわざわざ説明されるまでもないだろう。

そうねえ、とゆったりつぶやいて、華絵は煎茶をすする。

「亘とあの人は長いこと喧嘩ばかりしていたけれど、私にとってはやっぱり、かわいい息子なのよ。意地っ張りで、融通がきかなくて、こうと決めたらてこでも動かない。自分が正しいと思っていることは、誰がなんと言おうと貫く。……それは、私の好きだったあの人に、とてもよく似ているところでもあるの」

「……そうだね」

「創も、そういうところがあるけどね。あなたのほうが、まわりの人のことを考えてしまうから。下の子、っていうのはそういうふうなのかしらねえ。匠《たくみ》はその点、まわりのことなんておかまいなしに振り回す子だったけど」

匠というのは、失踪中の兄のことだ。

「我の強い三人に囲まれて育ったら、そりゃ、多少はおとなしくなるよ。父さんも兄さんも、なんでも人任せのくせに、他人を家に入れるのをいやがるから、いっつもぼくばかり家事や雑用を押しつけられて」

「私たちのことを、いつも気配りしてくれていたのも、あなただものね。そういうところは冴子《さえこ》さん……あなたのお母さんによく似ているわ。だから……あなたの味方をしてあげたい気持ちも、もちろん、あるの。ふつうはこういうとき、真っ先に息子の味方をするのが母親なんでしょうけど。ここ数年はずっと、あなたは、息子みたいな距離感で私たちのそばにいたから……」

「ああ、ごめん。ばあちゃんを困らせたいわけじゃないんだ。責めてるわけでもない。ただ、ばあちゃんはどうしたいのかなって」

「わかってる。でもね、それは、私があなたに聞きたいことでもあるのよ」

「え？」

「創は、本当はどうしたい？」

「それは……だから、じいちゃんの会社を、会社に託した想いを守りたくて……」

言いながら、言葉がしりすぼんでいく。

華絵のまっすぐに見つめる慈しみに満ちたまなざしを、受け止めきれずに創は思わず目を伏せた。

みんなが幸せになれる会社をつくりたい、というのが幼いころからよく聞かされた祖父の口癖だった。父はいつも忌々しそうに、そんなきれいごとだけで会社がたちゆくものかと毒づいていたし、実際、業績も悪化し続けているらしいことは創も会社に入るより前から察していたけれど、それでも、まずは働いてくれる社員の幸せを守ること、そのうえで世の中の役に立つ仕事を成すこと、そうしてはじめて自分も幸せになることができるんだと、一貫して言葉にし続けてきた祖父を創は誇りに思っていた。

ぼくも、じいちゃんと一緒に、みんなが幸せになれる会社をつくりたい。

いつしかそう願うようになり、会社の土台となる技術を支える側に立とうと決めた。

父の次に会社の跡を継ぐのは兄だと決まっていたし、自分は人の上に立つよりも、こつこつと自分のペースで研究を進めるほうが性に合っているのはわかっていた。

それなのに、急に兄がいなくなって。

父が、会社を松葉商事に売却する動きを見せはじめて。

祖父の意志を、願いを守るためには、自分が跡を継がなくてはならないのだ、と思うようになった。無理せんでいいよ、お前はお前のやりたいようにすればいい、と最初は言っていた祖父も、創の意志がかたいと知ると嬉しそうに、あれやこれやと経営のいろはを指南してくれるようになった。大河内が指導役を買ってでてくれたのも、祖父が頼み込んでくれたからだろう。

全部、自分で決めたことだ。

研究に没頭できなくなるのは残念だったけれど、幼いころから味噌っかすだった自分が祖父の役に、直接的に立つことができるのだと思うと誇らしくもあった。

今だって、その想いは変わっていない。

——でも。

「冴子さんがいればねえ」

しみじみと華絵が息をつく。その唐突な切り出しに、創は目をしばたたいた。

「どうしたの、急に」

「こういうとき、あなたの話を聞いてくれる人が、うちには全然いないでしょう。唯一の相談相手だったあの人は、逝ってしまったし……」

「いやあ、母さんがいたとして、状況は同じでしょう。三十過ぎて、母親に自分の進退はなかなか相談しにくいよ」

「そういうものかしらね」

「それに、ぼくにはばあちゃんがいるもん。何かあったら、まずばあちゃんに言うよ」

だから、何も言わないってことは問題ないってことだから、心配しないで。というつもりで創は言ったのだけど、

「あなたはまあ……」

華絵はほっとするどころか、あからさまにげんなりした顔をしてみせた。そして、

「ほんとに、そういうこと言ってるから」

と言いかけて口をつぐみ、気まずそうに、視線を庭先へとずらす。

「え、なに」

「……なんでもないわよ」

「いや、なんでもあるでしょ。言ってよ」

「…………嬉しいのよ、私はね？　そんなふうにあなたがいつまでも、私を労ってくれるのは。でもなんていうのかしら、そういうの、女の人にはいやがられるんじゃなくて？」

「……へ？」

「ほらあの、望月さん。お通夜にも来てくださって、とても素敵な方だったじゃない？　あなたがお友達を、しかも女の人を連れてくるなんて初めてだったから、私、もしかして……なんてとってもうきうきしていたの。この歳になるまで朝帰りひとつしたことないし、大丈夫なのかしらってすごく心配だったから」

「えっと、ばあちゃん、あのね」

「でも……ここ最近、あなたは全然うちに連れてこないし、お通夜には来てくださったけど、なんだかあなたとは気まずそうで」

「いやあのだから」

「こんなに優しいのに、ねえ……私、あなたが不憫でたまらないの。ちょっとは私たち以外に、頼れる人を見つけたほうがいいんじゃないかしらって……そうしないといつまでも、よいご縁にも恵まれないんじゃないかって」

「ストップ。ストップ、ばあちゃん。ほんとに、そんなんじゃないから！」

まさかの心配に、さすがの創も眩暈《めまい》がしそうになる。

もしかしてばあちゃん、ぼくが三十一歳の今になるまで、一度も女の子とつきあったことがないと思っているんだろうか。そりゃ確かに学生時代はモテるタイプじゃなかったけど、それなりにイイ感じになった子はいたし、だいたいいつも気づいたらフラれていたけど、会社に入ってからもつきあった子は何人かいたし。……まあ、どれもこれも三か月くらいしか続かないから、そのたびに望月に泣きついては「ばっかじゃないの！」って一刀両断されてたけど。そしてその望月にすらフラれちゃったのも本当だけど、でも！

……なんてことを華絵に打ち明けるわけにもいかず、創はごまかすようにへらっと笑う。

「あのね、望月とはそういうんじゃないから。うちに来ないのも、ここ最近、お互いに忙しくて予定があわないだけだから」

「……そうなの？」

「そうだよ。お通夜のときだって気まずかったわけじゃなくて、単に、しんみりしてただけ！　ほら、望月もじいちゃんのこと、大好きだったでしょう？　会社に入ったのも、じいちゃんの講演を聞いたのがきっかけだった、って言ってたじゃない」

「ああ、そうね。それであの人、ものすごく喜んで。……あら、じゃあ、私の勘違い？」

「そうだよ。変な勘繰りしたら、望月に失礼だよ。落ち着いたらまたうちに連れてくるから。ほら、前みたいにスコーン焼いてあげてよ。すごく喜んでたから」

「そうそう、あの方、本当によく召し上がるのよね。私、嬉しくなって次々とお出ししちゃって」

「あそこまでやらなくていいけど、まあ、うん。もてなしてあげて」

ああこりゃまいったな、と内心で陽菜子に詫びながら、いい機会かもしれない、とも思う。友達でいましょう、なんていまどき、少女マンガでもあまり見ないような常套句でフラれてしまった創だけれど、その言葉どおり、陽菜子の友達という座まで簡単に捨てる気はなかった。さすがに今すぐ元通り、とはいかなくても、機を見て声をかけるつもりではあったのだ。祖母をダシにするのは申し訳ない気がするけれど、言い訳としては最適だ、と思っている自分もいた。

ところが。

「じゃあ、ちょっと余計なお世話しちゃったかしらねえ」

と、華絵は不穏なことを口にして、首をかしげる。

「……まさかばあちゃん、望月に何か連絡した⁉」

「やだ、さすがにそんなことはしないわよ」

「よかった……」

「でも代わりに、万事屋さんをお呼びしちゃって」

「え⁉」

「これから、いらっしゃるの。あ、最中、まだ残っているわよね。あの方も、甘いもの好きみたいだから、お出ししましょうね」

「ちょ、っと待って。どうして彼女が？」

「どうしてって、万事屋さんだからでしょう？　お使いとか、お願いしたいことがいろいろあるのよ」

「そんなの、ぼくに頼めばいいじゃない！」

「わかってないわねえ。お仕事として頼むほうが、気が楽なことってあるのよ。大河内さんも、気軽にお願いしていいっておっしゃってくれたの。そのほうが彼女も仕事があって助かるから、って。でね、そのついでにあなたの話し相手にもなってくれないかって」

「なんで！」

「あら、いらっしゃったみたい」

創の叫びを遮るようにインターホンが鳴って、華絵は腰をあげる。

「創、お茶の用意をお願いね」

と、飄々《ひょうひょう》と華絵は玄関に向かう。

――そうだ、ばあちゃんはこういう人だった。最近、じいちゃんの看病に追われて、おとなしかったから忘れてたけど。

創は、深い息を吐く。

ていうか状況的に、ぼくが個人的に万事屋さんと親しくするのってよくないんじゃないの？　とはなはだ疑問ではあったが、呼んでしまったものはしょうがない。それに創もそれなりに会社では忙しく、とくに平日は、華絵と顔をあわせる時間も少ない。祖父が亡くなった今、手持無沙汰に呆《ぼ》けてしまうのではないかと少し心配していたので、万事屋の彼女が相手をしてくれているのなら少し安心もする。

なんてことを創は、しかたなく万事屋につらつらと話した。

華絵が新しく出してきた来客用の座布団に座った彼女と、縁側で肩を並べていると見合いをさせられているようで非常に居心地が悪い。「あとは若い二人でごゆっくり」なんて華絵が言い残していくから、なおさらだ。

「なんだかすみません……」と謝りながらの自然な会話だったのだが、能面のような表情をぴくりとも動かさず、万事屋は鋭いまなざしで、

「華絵さまは、そう簡単に呆けたりしませんよ」

ぴしゃりと創を一刀両断した。

「そんな弱々しい方に見えてらっしゃるんですか。それはいささか、華絵さまを見くびりすぎでは」

「え、そう……ですか?」

「もちろん、喪失感はどれほどのものか、と思います。しばらくはぼんやりなされることも多いでしょう。でも……」

煎茶をすすりながら、万事屋は言う。

「仮にも、あの與太郎さまを陰日向なく支え続けたお方です。芯は太くていらっしゃいますし、與太郎さまが華絵さまに何を望んでいるのか、見失う方ではないとわたく

しは思います」

そう言って、庭の小石を眺める横顔に、望月陽菜子の面影が重なって見えた。

全然、似ていないのに。

でもなぜか、こうして縁側で茶を飲みながら、陽菜子と二人で穏やかな時を過ごしたときの情景が呼び覚まされる。

不思議だった。すでに失ってしまったはずの時間なのに、胸に湧き起こるのは痛みではなく、蠟燭《ろうそく》に火がぽっと灯るようなほのかなあたたかさで、それさえあればなんでも乗り越えられるような気がしてしまう。我ながらお花畑もいいところだな、と思うけれど。

「どうかなさいました？」

万事屋の横顔、というよりは、その向こうに見える記憶のなかの陽菜子を見つめていたせいで、不審に思われてしまったらしい。怪訝《けげん》そうに眉をひそめる彼女に、創は頭をかいた。

「すみません、ちょっとぼんやりしちゃって」

「……はあ」

「あ、ええと、違います。聞いていなかったわけじゃなくて。むしろ、よくわかりました。そうですよね。目の前からその人がいなくなったからって、自分のなかから存在が消えるわけじゃないですもんね」

「はあ……？」

要領を得ない創の言葉に、万事屋はうさんくさいものを見るようにまなざしを険しくしていく。うわあ引かれてる、と慌てながら創は、言い訳するように言葉を重ねた。

「その、ぼくにもすごく大切な人がいて」

あ、なんかすごく恥ずかしい話をしようとしているぞ、と気づいたけれど止められない。

「彼女がいなくなってすごくさみしいし、悲しいんですけど、打ちひしがれてばかりいるかっていうとそうでもなくて。あんまりうじうじしてたら、きっとお尻蹴飛ばされちゃうよなーとか思うとむしろ元気が出たりするんですよ」

「……そんなに暴力的な方なんですか？」

「あ、いや、お尻蹴飛ばすっていうのは言葉のあやで。口はわりと悪いですけど、それはたぶん照れ隠しっていうか、ほんとはすごく優しくて、いつもぼくの心配ばかりしてくれる、面倒見のいい人なんです。そんな彼女がね、今のぼくを見たら、うっとうしい！って怒りだすだろうなあって想像するだけで、ここにはいないのに、久しぶりに会えた気分になるんですよ。変ですよね」

万事屋は、答えない。

ただじっと、真意を探るように創を見つめる。

そうしていると、すべてを見透かされてしまうような気がして、創はますます落ち着かない気分にさせられた。けれど一方で、どうつくろっても彼女には通用しないのだ、という開き直るような気持ちにもなってくる。

「さみしいし、悲しいけど。……でもぼくが大好きな彼女は、今のぼくのこと好きじゃないだろうな、ってわかるから、ちゃんとしようって思えるんです。彼女が隣にいても、いなくても、彼女に誇れるぼくでいよう、って」

「その方は、亡くなられたんですか」

「あ、いや！　生きてます。そうですよね、誤解しちゃいますよね。めちゃくちゃ元気です。生命力も太そうだから、ぼくより長生きすると思います」

こんな言い方しているのを聞かれたらまた怒られそうだな、と思いながら、

「単に、フラれちゃっただけです。ぼくが不甲斐ないせいで」

言葉にすると、しょんぼりしてしまう。

そうだ、ぼくはフラれてしまったんだ、と、二か月間、あまり実感をもてないまま

でいたことが今さら、ずしりと重くのしかかってきて。

「未練がましいですよね。彼女にも、ストーカーみたいでやばいって言われたことあるんですけど」

「そうですね。部外者のわたくしが聞いていても、ちょっとやばいと思います」

「あはっ、やばいだって」

思わず笑った創に、万事屋のポーカーフェイスが一瞬崩れ、片眉が小さくはねあがった。

「ごめんなさい、違うんです。なんだろう、万事屋さんもそういうくだけた言葉を使うんだなって、ちょっと意外に思っちゃって」

「……楽しんでいただけたなら何よりです」

「本当にごめんなさい。失礼でしたよね。こういうところが、彼女にも怒られてしまうところなんですけど……」

「僭越《せんえつ》ながら、その、彼女という呼び方もやばさを増長しているように感じます。創さまのおっしゃりようでは、その方とのお付き合いが続いているようにも聞こえますので」

「あ、なるほど」

「……え？」

「いや、いやいやいや。大丈夫です。わかってます。ぼくはフラれてしまったし、彼女、望月とは今はただの友達です。むしろちょっと気まずいぶん、友達からも遠くなっちゃったけど」

わかっている。

陽菜子の決意はかたく、創の想いに応えるつもりはさらさらない。強引に押したところでもっと嫌われるのがオチだ。でも。

——そうか。

万事屋の言葉に、自覚していなかった自分の本音に気づかされた創は、呆けたように何度も小さくうなずく。それを万事屋は再び、奇異なるものを見るような目つきで観察している。

創は、へらっと笑った。

「なんかすみません、いきなりこんな話して。あのう、だからつまり、ぼくが言いたかったのは、ばあちゃんが大丈夫だってことは納得しました、ってことです。ええと、はっきり言ってくださって、ありがとうございました」

「……いえ。わたくしは華絵さまから申しつかりました、話し相手というお役目に応えたまでです」

「ああ、それもすみません、迷惑かけちゃって……」

「ですが、話し相手など必要なさそうですね。創さまは、お一人でもきちんと決断していける方です。……多少、思考回路は独特ですが。その女性がいらっしゃらないことにもじき慣れていくのでは」

「そんなことは、ないですよ」

考えるより前に、本音が口を衝《つ》いて出た。

急に声音がぱきっとした創に、万事屋は虚を突かれたように、目を見開く。

創はうつむきかげんに苦笑しながら、やけくそのように続けた。

「いつだって、望月が隣にいてくれたら、って思ってます」

けれど、甘えてばかりはいられないから。

寄りかかって、陽菜子を押しつぶすようなことになってはいけないから。

さんざん、頼ってばかりだったくせに、今さらと言われそうだけど。

むしろ、今さらだからこそ。

「……ご紹介しましょうか」

万事屋が、背筋を伸ばして創に向き直った。

「その女性の代わりになるような方は、ご自身で探していただくほかありませんが、創さまの手足に代わる動きをする者ならば、仲介することは可能です。與太郎さまはわたくし以外にも手足、だけでなく、耳となる者、目となる者をおもちでした。もちろん、亘さまも抱えておいででしょう。本気で社長の座に就くおつもりなら、そうした者を召し抱えることが必要かと思われます」

その者に、遺言書の行方を探らせることもできますよ。

と不敵に口の端をあげた万事屋に、今度は創が眉をひそめる番だった。

「それは……あなたの立場上、やっていいことなんですか？」

「もちろん、わたくしがあなたの手足になることはできません。が、別の者を紹介するのであれば」

たしかに現状、創が自分一人で遺言書を見つけ出すのは至難の業だった。それらしきものは祖父の部屋には見つけられなかったし（荒らすようで気が進まなかったけれど、いちおう手がかりは捜してみたのだ）、しかるべき人、というのが誰なのかとうてい見当もつかない。祖父が親しくしていた大河内を除く人たちに、片っ端から電話してみることくらいしか。

「ちょっと、考えます」

どうするべきか、と考えはじめれば、けっきょく同じところに戻ってきてしまう。

祖父はなぜ、こんな面倒な置き土産を残していったのだろう。約束していたとおりに、創に株式を譲渡するのではなくて。

「父さんは、あなたに何かを頼みました？」

揚最中をすばやく食べ終えた万事屋が腰を浮かせたのがわかったので、最後に聞く。

万事屋は、にこりともせずに言った。

「その質問にはお答えしかねますが、利益相反となる申し出をお受けすることはありませんので、ご安心を」

たぶん買収でもしようとしたんだろうな、とあまりのらしさに創は苦笑する。

怒りも軽蔑もしない。

父は父で、必死なのだ。会社を手に入れるために。自分の立場を守り、めざす道を突き進むために。

「父さんは、是が非でも松葉商事への吸収合併を成功させようとするでしょう。それを止めたいならぼくが、遺言書を見つけるしかない。適性があろうと、なかろうと。……ばあちゃんに、伝えといてください。それがぼくのやりたいことだから、心配しないでほしいって」

そうですか、と簡素に答えて腰を浮かせた万事屋は、ふと思いついたように言った。

「亘さまはなぜ、そうまでして吸収合併にこだわるのでしょうか」

「それは、そのほうが利益になるからでしょう」

「しかし、お飾りの社長にさせられて、立場を追われるリスクもありますよね。言うほど、安泰な道とも思えませんが」

え、と創は一瞬、言葉を失う。

——なぜ、会社の売却にこだわるか？

そんなこと、考えたこともなかった。

物心ついたときから父はいつも祖父と喧嘩ばかりしていて、祖父の理想論をこきおろしていた。その物言いにもまなざしにも、実の父子だというのにどこか憎しみがいりまじっていて、創もまた、実の父子だというのに少しずつ敵愾心《てきがいしん》を育てていった。

父は、いつからか敵だったから。

そのことに、疑問を挟みこむ余地なんて、どこにも。

「いずれにせよ、望みを叶えるためには遺言書を見つけることです。力がなくては、選択肢は得られません」

気づけば万事屋は創の視界から姿を消して、玄関につながる廊下の奥に立っていた。

「ありがとうございました」

創は座ったまま、深々と頭を下げた。最初に、彼女が見せてくれた行のお辞儀だ。

その、妙にかしこまった様子に、いぶかしげに万事屋は小首をかしげる。創はどこかすっきりしたような表情で、微笑んだ。

「たぶんあなたは、ぼくたちが思ってる以上に、じいちゃんのことを大事に思ってくれていますよね。依頼されたから、ではなくて、じいちゃんの遺志を汲んでことを運ぼうとしてくださっている。それが何か、わからないけど。……だから、ありがとうございます」

瞬間、万事屋はすんと表情を消した。

何も言わずにきびすを返し、華絵のいるであろう居間に向かって足音も立てずに歩いていく。

ありゃ、見当違いだったかな。と肩をすくめながら、創は縁側に再びあぐらをかいて、茶を飲みながら庭を眺めた。

庭に並ぶ九つの石でかたどられた雌伏《しふく》の龍。

陽菜子とともにそれを眺めて、会社を守るのだと誓った日を思い出す。

――今よりもっと苦しむことになるかもしれないわよ。

あのとき陽菜子に言われて、創はそれでもいいと答えた。今も、同じだ。迷いはあるし、不安で胸はざわめく。だけど、自分に成すべきことを信じて成すしかない。

——ぼんくらのくせに、ときどき妙に背負いたがりなんだから。

陽菜子の声が、脳裏に響く。

ああ、会いたいなあ。

としみじみしながら、創は曇天を仰いだ。

3

塚本の気配を背中に感じるようになって、一週間近くがたつと、さすがに陽菜子にも疲れが出てきた。

毎日、朝から晩まで、四六時中。

というわけではない。通勤途中だけ、ということもあれば、むしろ一切の気配が感じられない日もある。けれど、それはそれで鬱陶しいことこのうえなく、意識が常にそれているぶん、仕事でも小さなミスが続いた。すべて、自分で処理できる範囲のことで、些事ではあったけれど、大河内や惣真に知られればとことん馬鹿にされることは間違いなく、自分の未熟さにもますますうんざりさせられた。

――今日は、触られてないみたいね。

出社して、デスクのまわりが荒らされている、というのも一度や二度ではなかった。もちろん、目に見えて乱れていたわけじゃない。仕事の資料が抜かれている気配も、パソコンに触れられた形跡もない。ただ、陽菜子以外の誰かが勝手に触れればわかる仕掛けが、ことごとく破られている。

公園で陽菜子から奪ったあの紙が、やはり目的の品ではなかったのか。あるいは盤面の意味を読み解くことができず、さらなる手がかりを狙ったか。さすがに自宅までは侵入されていないが、いくら尾行を撒こうとも、住所なんて社内システムを見れば簡単に割れるし、時間の問題ともいえた。

が、奪われてはならないものを、会社にも自宅にも置いておくはずがないと、相手だってわかっているに違いない。

デスクを荒らすのも含めて、全部、ただの脅し。

陽菜子に対する、揺さぶりだ。

――いったい、誰が。

公園で陽菜子を襲ってきたのは、塚本ではなかった。

ということは、机を荒らしているのも塚本ではないかもしれないし、もっといえば敵が一人とも限らない。社長、あるいは社長にくみする役員が、忍び以外の人間を雇ってやらせている可能性だってある。

鞠乃だって、その候補から除外はできないと、ななめ前に座り、小さくあくびを嚙み殺している後輩の様子をうかがう。

目的を聞かされなくとも、引き出しを開けるくらいなら、誘導されれば疑いなく実行するだろう。陽菜子から鍵を預かった、頼まれている資料を捜してもってきてほしい、なんて、たとえば森川から頼まれたとしたら。

そう、森川だって――むしろ彼がいちばんあやしい。

そもそも彼には、社長について和泉沢を陥れようとした前歴があるのだから。

誰も彼もがあやしく見えてくるなかで、行動の正解だけを選びとるなんて、土台むりな話だった。

そもそも、どうして会長があの盤面図を残したのかなんて、陽菜子にだってわからないのだ。

――やんなっちゃうなあ、もう。

おそれるな。侮るな。考えすぎるな。

忍びが忌避すべきといわれる三つと、どんなに完璧にシミュレートしても三割は失敗すると見込んで対策を練るべしという教えを思い出し、陽菜子は静かに長い深呼吸をくりかえす。

わからないことを考えすぎても、無駄なだけだ。むしろそれが、隙になる。

今日は、気の抜けない相手との打ち合わせも控えている。少しでも動揺を見せればすぐ見抜かれるだろう。平常心、を心がけながら、資料を抱えて会議室に向かった陽菜子だったが、案の定、

「今日はいつもより笑顔の白々しさが三割増しですね」

と、打ち合わせ相手である外務省の鵜飼涼平《りょうへい》に指摘された。

「また厄介ごとにでも巻き込まれたんですか」

「またって。このあいだの厄介ごとはあなたが持ち込んだんでしょう」

「それはそれ、これはこれ、でしょう？」

いたずらっぽく、鵜飼は笑う。

「今の私は、あなたの敵じゃありませんよ。ODAが頓挫《とんざ》するようなことがあれば、困るのは私も同じですし」

「ま、そういう面もあるでしょうけどね」

これまで二度、手合わせをした経験から、柳の手の者でもある鵜飼が、頭領の凛太郎に心酔しきっていることはわかっている。いざとなれば社会的な立場よりも、選ぶのは柳の益だろう。毎週月曜日、こうして定例ミーティングに訪れる彼には、わざわざ陽菜子の確認をとらなくても入館証を発行できる証明書が支給されている。つまり、打ち合わせよりもはやい時間に会社を訪れて、引き出しを探ることだってたやすいのだ。

「白々しいのはいったい、どっちよ。あなたのとこのストーカー、いいかげんお持ち帰りいただける？」

「ああ。塚本の奴、またあなたの周辺をうろちょろしているみたいですね」

「なによ、他人事《ひとごと》みたいに」

「他人事ですよ。ふだん、あいつがどこで何をしているかなんて、私は知りませんし興味もありませんから」

鵜飼は肩をすくめた。

「同じ里の人間だからって、任務が違えばどこで何をしているのかはわからないでしょう。私たちも同じですよ。基本的に個人主義を貫いているので、むしろその傾向はあなたたちより強いかもしれない」

「自発的に集ったぶん、結束力は強いように感じていたけど」

「上司に対する忠誠心は、恩義があるぶん強いでしょうね。でもそれだけです。少なくとも私は、横並びの奴らに興味はない」

柳は、抜け忍を集め、因習や規律に縛られない組織——里をもたない忍びの集団だ。

だが、ただの寄せ集めではないということは、陽菜子もうすうす察していた。

凜太郎は、里で無能扱いされ虐げられてきた自分たちに手をさしのべてくれた唯一の人なのだと、塚本は言っていた。

鵜飼もまた家族に恵まれず育ち、成人した男性にしては小さく、女子のように細い身体は、幼少期の栄養失調ゆえだと本人から聞いたことがある。だから塚本も鵜飼も、そしておそらく柳に属する忍びはみな、掟を、選択の余地なく自分たちを支配しようとする体制を、憎むのだろう。

それは、陽菜子が里に対して抱いてきた想いと近いものがあった。助け合うことはあっても縛りつけることはない、そのしくみが本当ならば、柳は陽菜子にとって理想的な組織ともいえた。

だから塚本は、陽菜子を誘った。

柳に属することこそが、陽菜子の幸せなのだと心から信じて。……たぶん、今も。

「大変ですね、あんな異常者に執着されて、あんなやかましい気配にまとわりつかれて。私なら発狂します」

「だから持ち帰ってくださいってば」

「それはできかねますが、せめて上司に報告しておきましょうか」

柳に？

言えば収拾をつけてくれるのかと首をかしげると、

「外務省のほうの、ですよ。結婚されるんでしょう？　向坂さんと」

鵜飼は、ふふんと笑った。

「指輪、してなくていいんですか。ずいぶん豪華なのをもらったそうじゃないですか」

「……なんで知ってるのよ、そんなこと」

「それ聞きます？　情報収集が基本の要の稼業でしょう、私たちは」

——そりゃそうでしょうけども！

言い返したくなるのを、陽菜子はぐっとこらえる。

「趣味の悪い稼業だわ、ほんと」

「望月さんって、ほんと変わってますよね。頭領娘のくせに素人みたいなことを言う」

「ほっといて」

「そんなんじゃ、里に属するのはさぞ苦痛だったことでしょう。あいつの言うとおり、うちみたいに自由度の高い組織の力を借りたほうがいいんじゃないですか。森川さんみたいに、完全に一人でやっていくには、あなたはどうもしたたかさが足りない」

「すこぶる余計なお世話ね」

「で、どうするんですか」

「言う必要あります？」

「そりゃあ、上司の吉報ですから。本当ならお祝いの会を開かないと」

「森川さんと四人で？　うわあ。地獄絵図ね、それ」

「まあでも、指輪を受けとったたってことは、ＯＫしたってことですよね」

「受けとってなんかないわよ。押しつけられたの！　いつだって突き返す準備はできてます」

「へえ？　ってことは今も持ってるんですか。見せてくださいよ」

「いやに決まってるでしょ」

陽菜子は深々とため息をついた。

「さ、打ち合わせは終わり。どうぞお引き取りください」

「冷たいなあ」

「あなた、そんなにわたしを里に戻したいわけ？」

「そういうわけじゃないですけど。ただ、塚本の甘言に乗って、こちら側に来られても困りますからね。ビジネスパートナーとしてあなたのことは嫌いじゃないけど、身内になるなんてまっぴらごめんですから」

「一言一句、そのままお返しするわ」

腹の探りあいは消えないものの、毒気の抜かれたその雑談に、陽菜子と鵜飼は顔を見合わせ、小さく笑いあった。

忍びとは、つくづく不思議なものだと思う。

主君同士が対立すれば、当然、敵対する場面も出てくる。けれど個人として向き合ったときにいがみあうかといえば、そうとも限らない。むしろ互いに利益が一致すれば手を組むことも、情報を交換することだってある。

そんな、感情に惑わされない関係が、陽菜子には心地よかった。

相手のすべてを信用せず、すべてを憎まず、ただ目の前にある事象にのみ集中して、臨機応変に対応していけばよいという、そのわかりやすさが。

もちろん、鵜飼の言葉も額面通りに受け取るわけにはいかないし、彼の言葉の一つひとつが巧妙に仕掛けられた罠だと、常に疑ってかかるべきだ。

それでも、本当のこと、なんてどれだけ考えてもわからないからこそ、あるがままを受け止めて、どんな状況にも対応できる力をそなえていく。それこそが忍びの修行なのだ、ということを今の陽菜子は知っていた。

その緊張感を、どこか楽しんでさえいる自分が、不思議だった。

——たぶんわたし、忍びのすべてが、嫌いだったわけじゃないんだな。

里の閉鎖的で独善的な社会が嫌いで、不出来をなじられ続けるのが耐え難くて、そこにあるすべてを憎むことで、心を逃がそうとしたのだ。それが弱さだと言われたら、そうかもしれないけれど、陽菜子が生きるためには必要なことだった。

そうして逃げ出した先で、再び忍びの技を手にとったとき、狭い里のなかからは見えなかったものが——見ようとしてこなかったものが、見えてきた。視界の解像度があがるにつれて、無縁でいられた厄介ごとも舞い込んできてしまうけれど、それでも手探りで生きるよりは、ラクになってきた。

今の陽菜子は、忍びの生きざまが嫌いだとは、とても言い切れない。

だからといって里が正しいとも思わないし、ましてや惣真と結婚して戻ろうなんて気もさらさらないのだけれど。

鵜飼をエレベーターホールまで見送りながら、塚本の気配を探る。

社内のどこかにいるのは、わかる。今日も今日とて濃く漂っている彼の気配に、森川の我慢が限界に達するのは時間の問題だろう。

――しかたない。動くか。

鬼が出るか、蛇《じゃ》が出るか。

すべてはやってみないと、わからない。


左手の薬指にのしかかる慣れない重みと、飾り気のない手には似つかわしくない煌《きら》びやかな輝きに、陽菜子は顔をしかめた。身につけてみればちょっとは気分も高揚するかと思ったが、その逆で、気鬱が加速するばかりである。

鵜飼は、指輪のありかを気にしているようだった。

であれば塚本の目的も、遺言書ではなく指輪である可能性が高い。最初に予想したとおり、里で何かが起きているのかもしれなかった。かといって、惣真に聞いたところで素直に教えてくれるはずがない。そのつもりならば指輪を渡したときに説明があるはずだ。何も言わなかった、ということは本当に裏がない、という可能性もあるにはあるのだけれど。

――そんなわけ、ない。あの男に限って。

　三割の失敗を見込めと教えてくれたのは他でもない惣真だけれど――俺でさえ八割の打率がせいぜいなのだからお前は五割思いどおりに事が進めば御の字と思って動け――だからといって彼は勝算のない賭けに出るような男じゃない。いつだって十割、あてるつもりで行動している。そんな彼が、プロポーズを受けるはずがないとわかりきっている陽菜子に、なんの算段もなく指輪を渡すわけがない。

――ほんっと、忌々しい。

ようするに、陽菜子を試しているのだ。

答えに辿りつけるかどうかを、はかっている。

――こんな指輪、父がもっているのも、母がつけているのも、見たことないけど。

塚本の背後に柳の意図があるとすれば、頭領筋に関わる品、なのかもしれない。跡目を継がせるには不十分、と父に見限られていた陽菜子には、おそらく伝えられていないことが数多《あまた》ある。指輪が、頭領を継ぐ者に代々引き継がれているのだとしても、陽菜子にはそれを知る由もないのだが。

高価ではあるが穂乃香に一目で見破られるほどありふれた品が、そこまで重要な役割を担っているとも考えにくい。それにどこからどう見たってこの輝き、傷ひとつないたたずまいは、買ったばかりの新品だ。磨きあげてそう見せているだけかもしれないけれど、中古ならやっぱり、真っ先に穂乃香が気づきそうなものである。

確証は、何もない。

けれど手足がしびれるようなざわめきが、直感は正しい、と告げているような気がした。昼休み、会社を出て人気《ひとけ》のない裏通りで木箱をとりだし、あえて指にはめてみせたとき、頭から丸呑みされそうなほど激しく押し寄せてきた塚本の気配も。

鵜飼が指輪の話題を持ち出してきたのは、向こうからの誘いともとれる。陽菜子が乗ったとわかれば、すぐに姿を現すはずだった。

問題は、どこに誘いこむか、だ。

公園は死角が多すぎて、相手がどこから狙ってくるのか予測がしづらい。かといって待ち伏せて奇襲をしかけるのは危険だ。一度手合わせしただけだが、塚本は明らかに武道の手練れで、接近戦にもちこまれては陽菜子に勝ち目はない。

陽菜子の残業に塚本もつきあっていることを確認しながら、終電を越えたところで会社を出る。会社周辺の地形や道筋はあらかた頭に入っていた。車通りのない道をめざして進み、なかでも電柱の陰を除いては隠れるところの見当たらない、住宅街の広い一本道に入りこむ。横道に潜もうにも、いったんは姿を現さねばならない状況に追い込むと、観念したのか塚本は姿を現した。

「お久しぶりですね」

爽やかに微笑む塚本は、あいかわらず得体が知れない。

そして、最後に会ったときと同様、鍛え抜かれた筋肉が、夜の闇に溶けこむ黒ずくめの服の下からも浮きあがっているのがわかった。

やはり、接近戦は避けねばならないと思いながら、陽菜子は、冷淡に返す。

「二度と会いたくないって言ったはずですけど」

「ぼくも、諦めたわけじゃないって言ったじゃないですか」

「またストーカーでつかまりたいんですか？」

「どうやって？　望月さん、ぼくがどこにいるのかすら、今日まで見つけられたことがないのに」

「……そういう技も、使えるんですね」

「気配を隠せないって、悪いことばかりじゃないんですよ。いるのはわかってるのに見つけられない、何を仕掛けてくるかわからない、ってめちゃくちゃイライラするでしょう？」

「そうですね。より、あなたのことが嫌いになりました」

「あ、ほんとですか？　よかった！」

「よかった？」

「だって無関心に忘れられるよりは、嫌われたほうがマシだから。ぼく、たぶん望月さんに無視されるのがいちばんつらいです」

屈託がない、と表現していいのか迷うところだが、忍びと知らずに出会った最初から、塚本は一貫して、突きぬけて朗らかだった。

それがかえって薄気味悪く、背筋がぞわぞわする一方で、妙に憎めない気安さを醸し出しているのも厄介だ。気を抜けば、ペースに巻き込まれてしまいそうになる。いろんな意味で、距離を詰めたらまずい。と、陽菜子は、届くぎりぎりの声を保ちながら聞く。

「警備員の仕事を辞めてから、ずいぶんお暇みたいですけど。わたしのあとばかり尾ける生活にも、いい加減飽きたんじゃありません？　用件をうかがいましょうか」

「望月さん、向坂惣真と結婚するんですか？」

「鵜飼さんといいあなたといい、人のプライバシーに余計な首をつっこみすぎでは？」

「ああ、ってことは知らないんですね。今、あなたの里で何が起きているか」

「……え？」

「その指輪がどんな意味をもつのかも、どうやらご存じない」

「あなたは知ってるっていうの」

「さあ、どうでしょう。……でもその前に」

に、と不敵に塚本は口の端をあげる。

警戒したその瞬間、背後からびゅん、と風を切る音がした。

右腕に、鈍い痛みが走る。

「っ……！」

礫《つぶて》をあてられたのだ、と気づいて陽菜子は胸元に忍ばせていた手裏剣を礫が放たれた方に向かって投げる。あたる、とは思っていなかった。よろめいてしまった自分に、近づかせまいとする時間稼ぎだ。

反撃した相手が誰なのかは、街灯の逆光でよく見えなかった。けれどやがて、見慣れた顔が闇夜に浮かびあがる。

「森川……さん……！」

「へえ、予測してたか。ちょっとは成長したんじゃないの」

「手を、組んだんですか。柳と！」

「ま、そういうことだな」

凜太郎、あるいは鵜飼が出てくると思っていたが、まさかの相手に陽菜子も言葉を失う。

「塚本さんをどうにかするよう言ったのはブラフですか」

「いや？　あの時点では本当に何も知らなかったよ。でも聞いていて、使えると思ったからな。とっつかまえて協定を申し出た」

言い終わる前に、今度は聞き覚えのある金具の音がして、陽菜子の顔めがけて鎖が飛んでくる。その先に小さな分胴のようなものがついているのに気づいて、とっさにかわした陽菜子だけれど、痛みで動きの遅れた右腕に鎖がぐるんぐるんと勢いよく巻きついた。

──しまっ……。

右腕の自由を奪われ、森川のもとに引っ張り込まれる。

そのまま、退路を断つように、塀へと背中を叩きつけられた。

「ぐっ……」

「で？　教えてくれよ。お前、あの大河内ってじいさんとどういう関係だ？」

「言うわけ……なくないですか……」

「おいおい、望月。最近俺が優しいからって調子に乗るなよ？　俺がお前を傷つけることに躊躇するとでも思ってんのか」

「……しますね。わたしが今、出社できないような状況になれば、仕事上、困るのは森川さんですから」

「はっ、確かにパソコンを使えなくなると、俺に迷惑がかかるな。でも、片足がだめになる程度なら、松葉杖でもついて出社できるだろ。大丈夫、明日の午前休は申請しておいてやるから」

「くそパワハラ上司……！」

「それがいやなら、吐けよ。和泉沢の家に出入りしている万事屋とかいう女、あれ、お前なんだろう？」

「は……？」

「お前、変装が得意らしいじゃないか。水臭いじゃないか。そんな特技があったなら、教えといてくれよ」

——塚本から、漏れたのか。

これまで森川とは何度か共闘してきたけれど、それについては一度も明かしたことはない。陽菜子は軽く舌打ちをした。

「さあ、吐けよ。遺言書はどこだ」

「知るわけ……ないでしょう⁉」

叫んだ陽菜子の顎を、森川はあいている左手で思いきり摑む。

「か……っ」

「ほんっと生意気だよなあ、お前。このままイエスかノーかだけで答えろ……と言いたいところだが、遺言書の場所は説明してもらわないと」

「ひ……はいっへひゅっへ……！」

「なんだ。まだそんな元気があるのか。言っとくけど、お前の顎砕くらい造作ないんだぞ？　最悪、入院中も仕事ができるよう、とりはからうことだって」

「あのう、森川さん」

いつのまにか、塚本が陽菜子に影を落とすくらい近くに迫っていた。

「ぼくが囮《おとり》になって協力したんですから、まずは見返りをいただけません？」

呻《うめ》く陽菜子にはまるで頓着せず、塚本は困ったようにただ首をかしげる。

「ああ、望月さん。そんなに手を握りこまないでください。指輪が外せないじゃないですか」

陽菜子の手に触れ、指を伸ばそうとする塚本に、痛みに耐えながらも必死で抗う。ますます拳の力を強くした陽菜子に、塚本は呆れたように言った。

「あのですね。ぼくは森川さんと違って、あなたの指が折れてパソコンが使えなくっても、とくに困ったことにはならないんです」

「んぐっ……」

「おいおい、俺を差し置くんじゃねえよ。遺言書のありかを吐かせるのが先だ。やりすぎて失神されても困る」

「ええーっ。そんなこと言われても」

最悪の二人が手を組んだものだと、陽菜子は咳きこみながら思う。

どちらも陽菜子のことを憎んでいるわけでもないし、むしろ人としては好意を抱いている部類に入る。だがどちらも、好いた相手だからといって手心を加えるタイプじゃない。それどころか、嬉々《きき》として痛めつけようとしかねない。

塚本が、陽菜子の指に触れる手に力を込めた。

折られる、ことを覚悟したそのとき。

きいん、と住宅街で耳障りな音が響いた。

手裏剣の飛ぶ音だ、と気づいた森川が陽菜子をつかむ手をゆるめ、飛び退《すさ》る。同時に、塚本も。そして、陽菜子の頬すれすれのところで、手裏剣が塀にあたって落ちた。

計算ずくとわかっていても、その危なさにぎょっとした陽菜子は、森川と一緒に手裏剣の飛んできた方向を睨む。

「あらあ、ご無沙汰ですね、森川さん。こんなところで油売ってるくらいなら、うちの店に来てくださればいいのに」

穂乃香だった。

「……面倒なのが来やがったな」

にい、と笑って穂乃香が前に飛ぶ。

苦無《くない》を右手に、ナイフのようにかまえて、殺す気か、という勢いで森川の顔を狙う。

森川は胸元からとりだしたもうひとつの鎖の継ぎ目で、その先端を防いだ。

――なんて、動体視力なの。

啞然《あぜん》としながら陽菜子は、これ幸いと、腕に絡みついた鎖をほどく。

穂乃香は容赦なく、左手にもつかんだ苦無で森川に挑みかかった。

「次またヒナちゃんを傷つけるような真似したら許さないって言ったわよね?」

「お前の言うことを聞く義理が、どこにある?」

「お望みどおり、殺してあげるわ」

「それはこっちのセリフ……！」

軽やかに攻防を続ける二人に、見とれている場合ではなかった。

自分に刃は向けられない、と気づいた塚本が再び陽菜子に駆け寄り、真正面から拳をくりだす。塚本は武器を使わない、ようだが、間合いに入られては勝ち目がなかった。右肩に拳がかすっただけで、骨が軋む。よろめいた陽菜子の左腕を、塚本は脇固めにとって捻《ひね》りあげた。

「……っ！」

「ふうん。見たところ、なんの変哲もない指輪ですけどね……」

左腕を後ろにねじりあげられたまま、拳を握り続けるなんて無理だった。開いた手のひらから、塚本はこともなげに指輪を抜いてしまう。

「いちおう、いただいておきます」

「……里でっ、何が起きてるっていうの！」

「それは……向坂惣真に聞いたほうがはやいですよ。婚約するほどの仲なら、教えてくれるでしょう。……でも」

塚本は、渋面を浮かべた。

「あの男は、信用できない。そんなこと、望月さんもよくわかっていますよね？」

脇固めをかけた状態で。

息も絶え絶えの陽菜子を、心から労るような口調で、塚本は続ける。

「向坂惣真は、自分と里の利益になることしかしない。あなたのことも駒としか思っていない。そんな男と、本当に結婚するつもりですか。それならまだ、和泉沢のほうがマシだ。あいつもあなたを御しきれるとは思えませんが」

「だから……あなたも鵜飼も、よけいなお世話が過ぎるのよ！」

「ぼくはあなたが心配なんですよ、望月さん」

心配、という言葉がこれほど似つかわしくない状況があるだろうか。

腕がちぎれる、と限界を感じたそのとき、塚本は手をゆるめて陽菜子を解放した。

「とりあえず、今日のところはぼくはこれで失礼することにします」

その場に膝をついた陽菜子の右肩を、塚本は撫でる。

傷めたのは自分なのに、はやくなおりますように、とでも言わんばかりに。

「ちょっと……待ちなさいよ……！」

返せ、と睨む陽菜子に、塚本は微苦笑を浮かべた。

「ぼくらの仲間になるなら、指輪は返してあげてもいいですよ」

本末転倒なことを言って、塚本はその場を去っていく。

——なんなの、あいつ……！

けれど追う気力は、陽菜子には残っていなかった。

顔をあげると、あいかわらず森川と穂乃香は激しく攻防をくりひろげている。殺意のなかに、互いに愉楽を忍ばせているのが、見ているだけでわかった。我が幼なじみながら信じられない女だな、と陽菜子は呆れつつ息を吸うと、

「誰か！」

と声音を変えて叫ぶ。そして森川が投げた礫を拾い、住宅街の影に気づかれないように投げる。

単純だが、これが効いた。

これ以上暴れては、いつ誰に見つかるかわからないと悟った森川が、穂乃香から距離をとる。

「……しかたない。今日のところはこれくらいにしておいてやるか」

「こっちのセリフなんですけどー」

息ひとつ切らしていない穂乃香は、けれど、追撃するそぶりを見せない。

潮時、だった。

森川は、にやりと笑って陽菜子を見る。

「お前が遺言書のありかを吐かない限り、俺はいつでも寝首をかくぞ」

「だから……知りませんってば！」

「馬鹿の一つ覚えみたいにうるさい奴だな。春先からこっち、あの家に出入りしていためぼしい他人は、税理士やらなんやらを除けばお前か万事屋しかいない。同一人物だとすれば、遺言書を預かる機会があったのもお前しかいない。疑う余地がないんだよ」

「あのですね。その前提がまず、おかしいんですよ」

陽菜子はどうにか膝下に力をこめて、森川に向かって臆さず胸を張る。

「なんでわざわざ、そんなまどろっこしいことをしなくちゃいけないんですか。万事屋なんてものにわたしが変装する必要、あります？」

痛みをこらえながら、陽菜子は呆れたように息を吐いてみせる。

「……いいですか。塚本も知らない、とっておきの情報を教えてあげます。わたしの術は、和泉沢に通用しません」

「はあ？」

森川だけでなく穂乃香も、目をしばたたいた。

——誰にも、言っていなかったことだ。そんな、恥でしかないことは、言いたくなかった。けれど背に腹は替えられない。

「お前……言うにことかいて、そんなごまかしが通用すると……」

「ごまかしなんかじゃありませんよ。過去に二度、わたしは和泉沢に術を見破られています。穂乃ちゃんだって惣真だって見抜けないくらい完璧な変装だったのに、あいつは一目でわたしと見抜いた」

「まさか。あのぼんくらにそんな」

「森川さん、ようく考えてみてください。相手はあの和泉沢ですよ。あ、の、ど天然のぼんくら乙女！　ありえるとかありえないとか、わたしたちの理屈が通用すると思います？」

「まさか……」

つぶやいたのは、穂乃香だった。

「だからヒナちゃん、ボンちゃんのことを好きになったの？」

その一言が、決定打だった。

反論の言葉をどうにか探し当てようとしていた森川が、黙る。そして、

「…………腹立たしいことこのうえないが、妙な説得力があるな」

忌々しげに吐き捨てた。

でしょう、と陽菜子は呼吸を整えながら続けた。

「理屈が通用しないからこそ、対策を練りようがないんです。だから、そんな見抜かれる危険をおかしてまで、わたしはあいつの前で別人になったりしません」

森川は、わずかに警戒心をとく。

「……なるほど。万事屋がお前じゃない、という主張は受け入れよう。今のところは、だが」

「いくら痛めつけられても、わたしは遺言書のありかも知りませんから、知らないものは教えられませんよ」

「いいや、知ってる。お前がもっていないのは本当かもしれないが、誰がもっているかはわかっているはずだ」

「なんでそんなに社長派につこうとするんですか。いくら和泉沢に社長になってほしくないからって」

「そんなんじゃないわよ、ヒナちゃん。この男はね、IMEの株をけっこうな割合でもってんの」

髪を整えながら、穂乃香が鼻を鳴らした。

「以前、ボンちゃんから脅し取ったぶんもあわせると、だいたい1%くらいかしら？

それだけあれば、株とり合戦《プロキシーファイト》の形勢を左右する一手になりうるわよね。この人は、社長に使われているわけじゃない。使わせてやってんの」

「俺は、俺をより高く買ってくれるほうにつく。ま、和泉沢が俺を使いこなせるとは思えないがな」

だから吸収合併後の好待遇を条件に、社長に協力してやっている、というわけか。どこまでも、自分を優位に立たせたがる男である。

「とりあえず今日は帰るわ。望月、明日もよく働けよ」

そう言って、森川が闇夜に溶けるように消えると、穂乃香は全身で脱力し、ぎりぎりと奥歯を鳴らした。

「ああ、むかつく……。ほんとにあの男は心の底からいけすかないわ……」

「……ねえ穂乃ちゃん。やっぱり森川さんとなんかあったでしょう」

「ええ？」

「だってさっきの、痴話喧嘩みたいだったよ」

「生意気言わないの！　人を急に呼び出しておいて」

ぺん、と後頭部をはたかれ、陽菜子はおどけたように笑う。

「ごめんごめん、でも助かった」

「今日、出勤日だったんだからね。この借りは返してもらうから」

「あのクラブ、当日欠勤のペナルティとかないでしょ。惣真の息がかかってるんだから。任務を優先できるよう、融通してもらえるの、知ってるよ」

「図太くなっちゃって。……それにまたこんなに怪我までさせられて」

陽菜子の頰についたかすり傷に、穂乃香は里直伝の薬を塗りこんだ。

さすがの陽菜子も、塚本が一人でやってくるはずがないことくらいわかっていた。

まさか森川と組んでいるとは思わなかったが、誘い込む道をあらかじめ穂乃香に伝え、潜んでもらっていたのは正解だった。

「ボンちゃんも、大変なことに巻き込まれてるみたいね。大丈夫なの？」

「さあ……。それは、あいつが自分でなんとかすることだと思うから」

「あら、冷たい」

「これを切り抜けられないようじゃ、どのみち社長なんて務まりっこないでしょ」

本心だった。

陽菜子が手を貸すのは簡単だけど、それでは誰のためにもならない。

「……それにしてもまさか、ボンちゃんがヒナちゃんの変装を見抜いていたとはねえ」

陽菜子は口をへの字に曲げた。それは、穂乃香と惣真にだけは知られたくなかったことだ。

「で？　どうなの？　だからヒナちゃんは、ボンちゃんのことが好きになったの？」

「……さあね」

なんと反論しても、どうせ穂乃香は信じまい。だからといってこれだけは誰とも、穂乃香であっても共有したくはなかった。

「ありがとう、穂乃ちゃん。その一言があったから、森川さんも信用してくれた」

「まったく、しょうのない子」

穂乃香は息を吐いた。

「そんな大事な人を手放しちゃって……惣ちゃんの指輪も、とられちゃって。……あれにいったい、なんの意味があるのかしら」

「穂乃ちゃん、本当に知らないんだ？」

「知らないわよ。いろいろ考えたけど、やっぱり本気のプロポーズだったんじゃないかってとこに落ち着いた」

「そのほうがおもしろいからでしょ」

「もちろん。でもだとしたら、惣ちゃん、ショック受けるんじゃない？　よりにもよって塚本に奪われるなんて」

「まあ……それは大丈夫だと思うよ」

「あら。強気」

「そういうわけじゃないけど」

「で、遺言書はどこにあるの？」

「だからわたしが知るわけないでしょ」

さらりと聞く穂乃香を、やはりさらりとかわしながら、陽菜子は鞄を拾いあげ、ハンカチをとりだすふりをして、隠しポケットのふくらみを確かめる。

頓馬だの間抜けだの、さんざん嫌味は言われるだろうが、指輪を紛失したことくらい、たぶん惣真にはなんの痛手でもない。

ふくらみの中にある、指輪の木箱。

大事なのはたぶん、――こっちだから。


かすり傷ひとつ負わなかった穂乃香はクラブに顔を出してくると言って出かけ、陽菜子が一人帰宅したときには、夜中の二時をまわっていた。

さすがに、疲れきっていた。身体が、というより、精神的に処理しなくてはいけないことが多すぎる。軽くシャワーを浴びてすぐに寝よう、と玄関を開けて、けれど、不穏な気配に全身の神経をとがらせた。

玄関も窓も鍵はこっそり改造してあるので簡単には開けられないし、登録済みの鍵以外で開けられた場合はすぐさま陽菜子と穂乃香のスマホにアラームが入ることになっている。異変が感知されていない、ということは。

「…………何してんのよ、人の部屋で」

穂乃香から鍵の複製を預かっている、惣真以外に考えられなかった。

電気もつけず、悠々とソファでくつろぐ惣真に、陽菜子はがっくり肩を落とす。陽菜子の部屋を漁ったのだろう。会長の遺した盤面図を片手に眺める姿を見ても、今は怒る気力も湧かない。

「いる、と察知したのは褒めてやるが、そうあからさまに警戒しては意味がないだろう。つくづくお前は詰めが甘いな」

「知ったこっちゃないわよ、そんなこと」

仮にも女の住まいに、しかも留守中に、勝手に侵入するんじゃないわよと言いかけてやめたのは、その一線を越えるほど差し迫った何かがあるのだろうとわかったからだ。

どうやら今日は眠れそうにないな、と陽菜子は電気をつけると、惣真を放ってキッチンに立ち、ケトルに水を注いだ。「コーヒー、砂糖は別で」とこちらを見ずに言う惣真に、結婚もしていないのに亭主関白ぶるつもりかと苛立《いらだ》ちはしたものの、やりあう元気は、やはりない。

インスタントコーヒーをカップに二つ入れると、陽菜子は黙ってソファ前のテーブルに置いた。もちろん陽菜子の座る場所は床だ。いつも穂乃香とそうしているように、仲良く肩を並べるのはいやだった。

砂糖がない、と気づいた惣真は眉をひそめたが、文句は言わずに、カップに口をつける。

「これは何かの暗号か？」

「違うわよ。わたしと会長の、最後の対局。会長が書き遺してくれたの」

「それにしたって意図があるだろう」

「知らない。……や、知らないことはないけど。いいじゃない、あんたには関係ないんだから、返して」

「ふん。普通に指せば七手先でお前の詰みだな」

「わかってるわよ、そんなこと」

「だがなりふり構わなきゃ、手はある」

「……え？」

「まあ、そんなことはどうでもいい。塚本に指輪を奪われたそうじゃないか、許嫁殿」

それで来たのか、と陽菜子は顔をしかめた。

コーヒーの香りで目は覚めるが、切れた口のなかの傷に沁みる。

「返すって言ってんのに、受けとらないあんたが悪いのよ。弁償なんてしないからね。それに安心しなさい、木箱は無事だから」

そう言って陽菜子は鞄から、手のひらサイズのそれをとりだした。

「守るべきはこっちだったんでしょう？」

ほう、と惣真は珍しく感心したような息を漏らす。

「気づいたか」

「そりゃあね。あんたが意味もないのに指輪を別の箱に入れ替えるわけないもの」

指輪の金額が知れると恥ずかしいから、ブランドを特定されないようにした、なんて人間らしい理由で惣真が動くはずがない。合理性を考えるなら、箱とセットにしておいたほうが売り払うときにも得なのだから。

惣真のやることなすこと、いちいちが信用できない。

けれど絶対に、何か考えがあって動くだろうということだけは、信用している。

それが読み解く、カギになる。

「己の心は虚で装い、実を悟らせないために無我無心の境地をめざす。それが忍びの〝芸〟なんだって、このあいだ言ってたよね」

「さて、言ったかな」

「それで思い出したの。〝真は空なり〟っていう、父の口癖」

般若心経で説かれる色即是空、とも同じ。

形あるものの本質はすべて空――虚妄だ。けれどだからといってすべてが無というわけじゃない。空洞、空虚、すべての空《うつほ》のなかにこそ、無限の可能性があり、世のことわりがあるのだと、父はいつも言っていた。

そして――その空を、頭領となるべき者は、代々、受け継いでいるのだと。

「からっぽ、だったのよね。その箱は。そこになんでだか、あんたは指輪を入れた。柳をかく乱するためなのか、わたしを試すためなのか、それは全然、わからないけど」

あるいは両方だったのだろうと、今は思う。

現に塚本は指輪にばかり気をとられ、箱のことなど気にも留めなかった。

惣真は、盤面図の書かれた紙を丁寧に折りたたむとテーブルの上に置き、陽菜子がとりだした木箱を手にのせた。

「これは頭領から譲り受けたものだ。いや、現時点では、預かっているだけ、というほうが正しいな」

「やっぱり……頭領筋に関わるものなの」

「代々受け継がれてきたものだ。お前の言うとおり中身はいつも、空。それを知っているのは、頭領となる者だけだがな。存在を知る他《た》の者はみな、秘伝を継ぐために必要な何かが入っていると思っているだろう」

「……秘伝」

「大昔は本当に、秘伝書を隠す棚の鍵なんかが入っていたらしいがな」

「ちょっと待って。父がそれをあんたに渡したってことは」

「正式に跡目を継いだわけじゃない。だがまあ、頭領の意志は示された、ということだな」

「なんでそんな、急に」

聞くまでもなかった。

ただならぬ問題が、それも跡目争いに発展する何かが、起きている。その背後には、柳がいるのだ。

「今ごろ柳は、ありもしない使い道を考えて、指輪と格闘していることだろうよ。そのために伝統のあるやつを選んでやった。ああいうところは、ブランド名にも指輪の形にもいちいち、意味をもたせているからな。石の重さ、形、ありとあらゆる角度から解析して、意味を考えずにはおれんだろう」

時間稼ぎにしかならないが、その時間がたぶん、重要なのだろう。

「わたしへのプロポーズも、牽制ね」

淡々と問うと、そのときばかりは惣真も陽菜子をちらりと見た。

里を抜けたとはいえ、一人娘の陽菜子は唯一の正式な跡継ぎだ。陽菜子を手中におさめたとまわりに知らせることは、惣真にとって強力な武器となる。

「がっかりさせて申し訳ないが」

口の端だけで笑う惣真に、陽菜子は深い深いため息をつくことで応えた。

「だが実際、悪い話じゃないだろう。俺以外が頭領になれば、お前の自由も脅かされる。協力しておいたほうが得策だ」

「そんな最悪な話がある？」

「本気で俺と手を結ぶ気なら、これ以上保証のある話はないと思うがな」

「それにしても、なんで穂乃ちゃんにまで内緒にしていたの？　いつものあんただったら、穂乃ちゃんも巻き込んでわたしを籠絡《ろうらく》しようとしたでしょうに」

「今回ばかりはあいつを信用できない事情があってな」

「信用できない？」

　聞き捨てならない、と声をとがらせた陽菜子に、惣真は表情を変えなかった。

「これ以上、言えることはない。お前はせいぜい目くらましに努めるんだな。あっちのほうも、そろそろ決着がつくころだろう」

「……大丈夫なの？」

「誰にものを言っている？　どの方向に舵取りするかは、ぼんくらと社長の行動次第だが、どちらに転んでもうまくおさまるよう手筈は整えている」

「そう。……ならいいの」

「今回はずいぶんとおとなしいんだな。これまで散々、あのぼんくらのために余計な世話を焼いてきたというのに」

　嫌味なのか単なる疑問なのか、その声色からは読みとれなかった。

　心配していない、わけじゃない。

和泉沢がひとりで遺言書を見つけられるとも思えなかったが、一方で、誰がもっているのかという答えには社長より先にたどりつくような気もしていた。だが穂乃香に言ったとおりそれは、和泉沢が自分でどうにかするべき事案で、陽菜子に関わる余地はなかった。

それは告白を断ったから、ではない。

たとえ想いをひとつにしたとしても、歩む道まで同じになるわけじゃない。自分の人生は、自分で切り拓くよりほかはないのだから。

陽菜子は、陽菜子に課された務めをまっとうするだけだ。

「……とりあえず、箱は預かっておくわ」

話を切り上げようと、惣真の手のひらから木箱をとろうとして、ふと指先が触れた。

──理由がなんであろうと、惣ちゃんはヒナちゃんと結婚したいと思ってる。わざわざこんな手間をかけてまで、気持ちを示した。それは確かなわけでしょう？

穂乃香に言われたことが不意に脳裏に響いて、数秒、固まる。

けれどすぐに木箱をつかみとり、鞄のポケットに戻した。

──わっかんないのよねえ。惣ちゃんのことを、かたくなに〝そういうのじゃない〟ことにしようとする感じ。

それは惣真のほうだ、と陽菜子は思う。

〝そういうのじゃない〟ことに、しようとしてきたのは、ずっと。

けれどそれもまた、考えても仕方のないことだった。

「わたしは木箱を守る。だから……頼んだわよ」

「お前に言われずとも」

いつものように鼻で笑う惣真に背中を向けて、陽菜子は一人、自室に戻った。

4

仕事を終えた二十時過ぎ、和泉沢創は会社の出入り口ゲートを抜けたところにある待ち合いのソファに、鞄を抱えて座っていた。足を行儀よくそろえようとすると、膝が妙な位置に浮きあがり、体育座りをする子どものようになってしまうのが、創のコンプレックスだった。でもそれを言うと、脚の長さを自慢しているように聞こえるらしく、たいてい相手は頰を引きつらせる。なかなかサイズのあうズボンが見つからなくてオーダーメイドするしかない、という愚痴も同様だ。

自分がいろんな意味で目立つ存在なのは、自覚していた。

学生時代はまだ、自分の好きな研究に没頭していればそれでよかった。髪がぼさぼさでも、Tシャツの首回りがだるだるでも、誰も気にしなかったし、なんだか変な奴だと放っておいてくれた。でも、会社ではそうはいかない。創業者の孫で、社長の息子。その肩書はいやがおうでも創についてまわる。その先入観で、人は創を好きになったり嫌いになったりする。

でもたぶんあの人は、肩書関係なく、ぼくのことが嫌いなんだろうな。

と、ゲートを抜けて自分を視認したのに、あからさまに目をそらした森川を見て、創は笑った。できるだけ関わりたくないと思っているのだろう彼が、けれど、創は嫌いではなかった。

「森川くん！　ひさしぶり！」

「……どうも、お元気そうで」

大きく手をふって駆け寄ると、森川はとりあえず口の端をあげたが、目の奥はちっとも笑っていなかった。

――こういうところが、信用できる。

創は続けた。

「待ってたんだ。今からちょっと、時間ある？」

「ええ？」

まさか自分が目当てだとは思わなかったのか、森川にしては珍しく頓狂な声が漏れた。

森川が社内の人間とプライベートでつきあわないことは、元上司だった創もよく知っている。雰囲気を壊さない程度に飲み会にはつきあうが、同僚の誰とも個人的に飲みに行ったことはないし、ましてや創とは雑談すらほとんど交わしたことがないのだから、驚くのもあたりまえだった。

「お茶でもお酒でもどっちでもいいんだけど、相談したいことがあって。あ、もちろん、奢ります」

それなのに誘うということは、よほどの事情があるということだ。

それはきっと、森川にも伝わっている。

「やっぱり、用事ある？　一時間くらいで終わると思うんだけど」

森川は、息をついた。

「いいですよ。酒でも、茶でも」

「ありがとう！　あ、じゃあ、ぼくがときどき行くお店にしようか。銀座の紹介制クラブでね、静かに話すにはもってこいなんだけど」

「……もしかして、Rですか?」

「うん! あ、森川くんも行ったことある?」

「ありますけど、あそこはやめときましょう。銀座まで出るのは面倒です。ここから歩いて十分くらいのところに、個室のあるカフェがありますから、そこでどうですか」

「もちろん、大丈夫。でもそっかあ、森川くんも知ってたかあ。ぼく、いつもアキホさんって人についてもらうんだけど、知ってる?」

「……さあ」

そっけなく言うと、森川は、スマホをとりだしてどこかに電話をかけた。カフェの個室を確保してくれたのだ、と気づいて、やっぱり森川くんは頼りになるなあと創は羨望の目を向ける。森川は、こんなあたりまえのことで褒められたくなんてないだろうけれど。

連れ立って会社の外に出ると、森川は怪訝そうな視線を創に向けた。

「もしかしてずっと俺のこと待ってたんですか。残業してたらどうするつもりだったんですか?」

「えっとね、森川くんが帰りそうな気配があったら教えてもらうよう、頼んでたの。

「先週は忙しそうだったし、きのうは出先から直帰って聞いたから、諦めたんだ」

「誰に、ですか」

「それは内緒。怒られちゃうでしょう？」

本当は、待ち伏せなんて面倒な手をとらず、課に顔を出せばいいのだけれど、それをしなかったのは陽菜子に会うのを避けたからだった。会いたくない、わけじゃない。むしろいつだって、会いたい。けれど創の姿を見れば、きっと彼女は気を遣ってしまう。それが、いやだった。

そして、メールでアポイントをとらなかったのは、森川に適当にかわされるのがわかっていたからだ。そつのない森川はきっと、気づきませんでしたとか、打ち合わせがありますとか、適当なことを言って逃げてしまう。

でも今日ばかりは、逃げられるわけにはいかなかった。

店に入り、注文した生ビールとジントニックが運ばれてきたところで、創はさっそく切り出した。

「森川くんはさ、父さんの……社長の指示で動いているんでしょう？」

森川は動揺したそぶりも見せず、ジントニックで咽喉を潤し、曖昧にうなずく。

「動く、っていうのが何を指しているのかわかりませんが。以前、松葉との合併話が進んでいたときに、社長の側についていたのはあなたもご存じのとおりです」

「それ、今も生きている話だよね？」

「さあ？　一社員の俺には、なんとも」

「隠さなくてもいいよ。もし父さんが森川くんを切っていたとしたら、異動させられているはずだもの。自分の弱みをつかまれた相手を、そばに置いておくほど父さんは他人を信用していないと思うから」

「実の父親にずいぶんなおっしゃりようですね」

「実の父親だからこそ、だよ。それに森川くんには、以前、ぼくの保有株から5％を譲渡してる。全体から見ればたった0・25％だけど……見返りに株を要求するような人が、それだけで満足するわけないもんね。もうちょっと、もってるんでしょう？　父さんが、味方につけたいって思う程度には」

森川は返事をせず、続きを話すよう視線でうながす。

愛想笑いはとっくに消えていた。

「だからね、きっと今、ぼくと父さんのあいだで揉め事が起きているのも知ってるだろう、っていう前提で話します。ぼくは、会長の遺言書を誰がもっているか、たぶん、わかりました」

「…………え？」

はじめて、森川が、虚を突かれたように動きを止めた。

「大河内さん……のことも、たぶん、知ってるよね。あの人は父さんとは対立しているし、ぼくが遺言書を見つければ、ぼくが社長になるのは決定的になると思う」

「それで俺に、どうしろと？」

森川はグラスを手にしたまま、微動だにせずただ創を見返す。

出し抜かれた、と腹を立てているのか。

おもしろい、と様子をうかがっているのか。

その心中はさっぱりわからない、けれど。

「調べてほしいことがあるんだ。ものすごく些細な、個人的なことなんだけど」

「……個人的なこと」

「その結果次第で、ぼくは動き方を決めようと思う。もちろん、どう転んでも森川くんの悪いようにはしない。父さんについても、ぼくについても、森川くんの会社での立場は約束するよ。……まあ、そんなことしなくても、森川くんなら順当に出世していくと思うけどね」

「なんで俺に頼もうと思ったんですか」

「え？」

みきわめようとするように、森川は目を細めた。

「たしかに俺は一度、あなたの頼みで合併を提携に変える手伝いをしました。でも俺が、あなたが社長になることを望んでいないのはわかっていますよね。それなのにあえて、俺が社長に情報を流すかもしれない危険をおかしてまで、こうして話をもちかけてきたのは、なぜなんですか」

それはもちろん、森川くんを信用しているからだよ！

なんて上っ面のおためごかしを彼が必要としていないことくらいは、わかった。そう思っているのも確かなのだが、言えばきっと、森川は二度と創に手を貸してくれなくなるだろうということも。

なんて説明しようか。

しばし考え込んだあと、

「じいちゃんの……会長の遺品を整理してたらね」

急に話題を変えた創に、森川は片眉をあげた。

「寝室の本棚に何冊か、ぼろぼろになった本を見つけたの。何度も、読み返したんだと思う。そのなかに、有名な棋士が書いたエッセイみたいなのがあって」

「はあ」

「その本に書いてあったんだ。〈退くに退けず、進むに進めぬといふ場合、将棋では二つの行き方がある。即ち賢人になって勝つか聖人になって負けるかである〉って」

いつになく真剣な面持ちで、創も森川を見返した。

「千日手になりそうな膠着《こうちゃく》した勝負でさ、その人は、ものすごく大事な駒を相手に渡しちゃったんだって。当然、まわりからなんでそんなことをするんだ、ばかだ、って言われたらしいけど、勝ちも負けもしないままうだうだと勝負するくらいなら、奇策を講じて勝つか潔く負けるかを選んだってことだよね、きっと」

ぼくそんなに将棋が強いわけじゃないから、その一手の奇抜さはよくわからないんだけどさ、と頭をかきながら創は言う。

「でも姿勢としては、すごく美しいなって思ったんだ。父さんとぼくの、膠着した関係に決着をつけたいなら、ぼくが一歩を踏み出さなきゃいけないんじゃないかな、とも思った。それもふつうの一歩じゃなくて、起死回生になるような何かを考えなきゃいけない」

「社長を出し抜くために？」

「ううん。ぼくと父のどちらもが、納得した結論にたどりつくために」

納得、と森川はつぶやく。

「そんなこと、ありえるんですか」

「ただ遺言書を奪いあうだけじゃ無理だよね。どっちが見つけても悔しさや不満しか残らない。だから……森川くんの力を借りたいんだ」

そう言って、創は深々と頭を下げた。

「自分ひとりじゃ何もできないのは、情けないんだけど。このあいだある人に、言われたの。自分の手足になってくれる人を探したほうがいい、って。それで、そうだ森川くんがいた！って思い出したんだよね」

「俺を、あなたの手足にしようって？」

「まさか！ そんな恐れ多いことは考えてないよ。ただ森川くんが父さんの手足……うーん、手足って言い方がよくないな。右腕、……ってほどでもないか。ええと」

「なんでもいいですよ、そんなの」

「右手！ そう、右手となってくれているなら、森川くんと握手したときのぬくもりが、父さんにも伝わるかもしれないでしょう？」

森川は小さく、口元を歪めた。

やっぱり無理かなあ、と内心の不安を隠しながら創は、森川の反応を待つ。

冷静に考えれば、森川に創の提案に乗る理由はない。むしろリスクしかない。遺言書のありかを知っている、と明かしてしまった以上、森川がそれを知る手立てはいくらでもあるだろう。とすれば、このまま父の側についていたほうが得策なのだ。合併後にそれなりのポストを得られることはほぼ確実なのだから。——けれど。

日頃、合理性を最優先する森川が、ときどき、なぜそんな条件の悪いものを、と言いたくなるような案件に手を出していたことを創は知っている。そして、交渉を重ねた末に、何より条件のいい仕事に仕立て上げていたことも。

森川が本当に求めているものはきっと、合理性の外にある。

それに創は、賭けたのだった。

「……とりあえず、頼みとやらの内容を聞きましょうか」

やがて森川が言い、創はどっと全身の力が抜けるのを感じた。

ぱあっと顔を輝かせ、

「ありがとう、森川くん！」

とはしゃいだ声を出した創に、森川はもはや隠す気などさらさらない忌々しげな視線を送る。けれどだからといって席を立つことはなく、森川は追加の酒を注文した。

商談の、始まりだった。

*

自宅のソファでくつろぎながら、陽菜子は将棋の盤面図を眺めていた。

起死回生の一手を見つけることが、会長が陽菜子に言い渡した最後の宿題なのだから、解かなければと思うのだけど、やはりどれだけ思案しても遠からず詰む未来しか見えない。

そういえば、なりふり構わなければ手はあると惣真が言っていた気もするが。

「あれ、ヒナちゃん。まだ起きてたのー？」

玄関から、音も立てずに穂乃香が現れる。

気づけばもう二時を過ぎていた。陽菜子は身体を起こして、手をひらひらと振る。

「おかえり、穂乃ちゃん」

「化粧は落としたみたいだけど、ちゃんと寝ないと、お肌荒れちゃうんだからね」

「いいの。明日は土曜日だし」

「大河内とかいうじいさんの道場で、昼から修行する日じゃない」

「言わないことまでなんでも知ってるんだから。穂乃ちゃんこそ、毎日、遅くまで大変だね」

「あたしはこれが仕事だもん」

「でも昼だって、任務こなしてること多いでしょう」

夜の仕事をしているぶん、昼間、融通のききやすい穂乃香は情報収集に駆り出されることが多い。陽菜子も何度も動向を探られてきたし、そのおかげで助けられたことも騙されたこともある。

穂乃香は常備しているペットボトルの水をコップに注ぎ、一気飲みすると珍しく荒々しい息を吐いた。

「いいのよ。最近、昼の任務はあんまりないから」

「そうなの？」

「惣ちゃんはなんだか忙しそうにしてるみたいだけどね。あたしには、何も話さないし、振ってもこない。ふふん、舐められたもんだわ」

そう言って、二リットルのペットボトルを空にしそうな勢いで水を飲む。

「……なんか、荒れてるね？」

「今日、森川が来たのよ。まったくあの男はいけしゃあしゃあと」

月曜にあれだけ激しくやりあった相手のもとへ、金曜の夜に酒を酌み交わしに出かける。たしかに並の神経でできることではない。

「けっこう、飲んだの？」

ぽんぽんとソファを叩くと、穂乃香はやや力の入っていた肩をゆるめ、おとなしく陽菜子の隣に座る。香水よりアルコールの匂いがうわまわっている穂乃香を見るのははじめてで、陽菜子はしなだれかかってきた穂乃香の重みを黙って受け入れた。

「なんだか途中から飲み比べみたいになっちゃってね……うちはキャバクラでもガールズバーでもなくて、気品に満ちた高級クラブだってのに」

「まあでも、どうせ二人とも地味に静かに飲んでたんでしょう。森川さんが酔いを顔に出すとは思えないし、大声で騒いだりするはずもないし」

むしろ忍びの声で応酬していたから、いつのまにか大量のボトルが空いていることに、周囲は驚いたはずだ。

「基本的にはウイスキーだったから、それほどハイペースでは空かないしね。でも」

穂乃香はいじわるそうに、くっくっと笑う。

「途中で、めちゃくちゃ高いボトル入れてやったの。お会計見て、森川の奴、目ひんむいてたわ。いい気味」

「なんでそんなことになったの？　森川さんがいやがらせに行くのはいつものことな

のに」

「まあ、ちょっとね……」

肩にのせていた頭を太腿の上に移動させ、穂乃香はしっとりとした瞳で陽菜子を見上げる。

「……わたしを誘惑しても、なにも出ないよ？」

「森川も、ヒナちゃんくらい簡単だったら、こんなに飲む必要はなかったんだけどね」

「どういう意味よ」

「里で、クーデターの気配があるみたいなの」

さらりと、穂乃香は言った。

「望月の家は次代を担うにふさわしくない。改めてふさわしい頭領を問うための協議をすべきだって声があがっているらしいわ」

やっぱり、と陽菜子は息を吐いた。

穂乃香は、小さく眉をひそめる。

「聞いてたの？」

「詳しくは、全然。でも……そんなようなことが起きてるんだろうな、って。だから惣真はわたしにプロポーズした」

「あたしもね、ヒナちゃんがプロポーズされたって聞いたときに、里で何かが起きた可能性を考えたの。惣ちゃんに聞いても、うまくかわされちゃうから、里にいる仲間に探りを入れたのよ。でもね、誰に何を聞いても異変はないって言う。こりゃあ只事《ただごと》じゃないって思ったわよね」

箝口令《かんこうれい》が敷かれている、あるいは里の人間には決して知られてはならない何かが起きている、ということだから。

「イライラしたわあ。上層部にしか知らされてないことなら、あたしには惣ちゃん以外に探る手段がないし、惣ちゃん以外の誰かにうっかり動きが知れようもんなら、どんな仕打ちが待っているかわかんないんだもの」

「それで、森川さん」

「そ。こないだ塚本がヒナちゃんの指輪を持ってったじゃない？　まさかヒナちゃんに恋慕して邪魔してみたってわけじゃないだろうし、冷静に考えれば里の異変に絡んでるってことでしょう。その塚本と組んだ森川なら、何か知ってるんじゃないかと思ってね」

森川は抜け目のない男だ。

組んだことがいずれ自分の弱みにならないよう、塚本の事情はつかんでいるに違いない、と。

陽菜子は、苦笑いを浮かべた。

「だからって飲み比べしなくてもいいのに」

「いろんな駆け引きがあるのよ、ごっちにも」

「教えてもらえたの？」

ふふんと穂乃香は勝ち誇ったように笑い、陽菜子の頬に手を伸ばしてぺちぺち叩く。

「あたしがなんの確証もなく、クーデターなんて言葉を出すと思って？」

「じゃあ本当に、柳が裏で糸を引いて……？」

「あいつらは付け込んだだけだろうけどね、里のほころびに。そもそもヒナちゃんが里を抜けたのが、いちばんの原因だろうから」

言葉を失った陽菜子に、穂乃香は口の端を歪めた。

「うそ。原因というよりは、きっかけ。口実を与えたに過ぎないわ。たぶんその前から、ヒナちゃんが跡目を継ぐこと自体、疑問視されていただろうし」

「それはそうだろうね」

「もっと言うなら、自分こそ頭領の器にふさわしいって不満を抱いていた自信過剰の男たちは里にごろごろしていたはず。望月の家だって最初から頭領筋だったわけじゃない。古くは向坂の家から座を奪って名を成してきたんだから」

我心を殺すことこそが忍びの心得。何より義理を貫くべし。そう口で言ってはいても、任務をひとたび離れて里の政治となればそう簡単にはいかない。深謀遠慮を張り巡らせて、隙を見つければすぐにつつく心づもりで、互いを見張りあっているのもまた忍びの世界だ。それが里全体の防御をかたくする、という利点もあるのだけれど。

「ヒナちゃんが、頭領はもちろん忍び稼業にも向いていないことは、ヒナちゃんのせいじゃないわ。誰だって、生まれる家は選べない。相性の悪い家に生まれたことは、ヒナちゃんにとってはただの不運よ。自分を責める必要なんてない」

「わかってる。今さら、わたしのせいだから、なんて迷ったりしないよ。跡継ぎのわたしが里を抜ければ、父の立場が悪くなることくらい想像していたし」

「まあ、里にとっても不運よねえ。だからといって、いまだにヒナちゃんを里に戻して惣ちゃんの子どもでも産ませとけ、なんていう老害どもの言い分が許されていいわけじゃないけど」

「だけど惣真は、次期頭領として里のみんなから認められていたはずでしょう？　それこそ向坂の家は里でも二番目に……」

言いかけて、はっと陽菜子は口をつぐんだ。

「向坂、なの？　クーデターを起こそうとしているのは」

惣真の、実家。

望月より前に頭領筋を名乗っていたこともある、今でも里で二番目に強い発言権をもつ家。

そして惣真は——長男じゃない。上には、惣真とは違う形で優秀さを発揮している兄、湊がいる。もし向坂の家が実権をとり戻せば、長子相続が基本の里で惣真が頭領となれる芽はなくなってしまう。

「あたしが森川から聞きだしたのは、ここまで。柳がどういうつもりでちょっかいを出してきてるのかは、まだわかんない」

「いったい、いつからそんなめんどくさいことに……」

「柳が最初に接触してきたときにはもう、始まっていたかもね。ったく、ほんとにうっとーしい奴らだこと」

「でも、どうして惣真は穂乃ちゃんにまで内緒にするの？　もしそれが本当なら、穂乃ちゃんに動いてもらったほうが、いろいろとやりやすいこともあるはずなのに」

できるだけ一人で動きたい、動かねばならぬのだという惣真の気持ちはわかる。里の利権に関わることなら、いつ誰が敵になってもおかしくない。けれど穂乃香だけは、違うはずだ。感情で動くことのない惣真だけれど、穂乃香を自分に次いで優秀な忍びとして認め、ほかの忍びに比べて信頼し、重用していたのは間違いないことなのに。

穂乃香は、手の甲を瞼にあてて、陽菜子からその表情を隠す。

「むしろその状況だからこそ、でしょうね」

「え？」

「……ううん、なんでもない。とにかく、引き続き調べてはみるつもりだから。ヒナちゃんも、言えないことは言う必要ないけど、何かあったら教えてね」

わかった、とそれ以上追及せずに穂乃香の頭を優しく撫でる。

何かを隠されているのは明らかだったが、いつになく心を乱しているらしい穂乃香を追い詰めるような真似はしたくなかった。

「ほんと、あっちもこっちも相続争いで、大変ねえ」

つぶやく穂乃香に、まったくだ、とうなずくことしか今の陽菜子にはできなかった。

守りを固めようにも、相手の攻勢に抗いきれずに詰んでしまう。

かといって、いちかばちかで攻めに転じるには、余力が心もとない。

にっちもさっちもいかないこの盤面は、自分と里の状況にも似ているな、と頭をかきながら陽菜子はアイスコーヒーをすする。梅雨も明けて夏の日差しが強くなってきたけれど、会社のすぐそばにあるカフェのテラス席は日よけがしっかりしているうえ、並木道に近いせいか日中でも心地よい風が吹く。

ランチセットのBLTサンドにかぶりつきながら盤面の先を考えていると、ふと背後に気配を感じて顔をあげる。

「それ、詰将棋?」

背後から覗き込んでいたのは、和泉沢だった。

想定外の顔の近さにぎょっとしながら、動揺を知られぬよう、素知らぬ顔で紙に再び視線を落とす。

「そんなとこ。なかなか、解けなくて」

「望月、ほんとに将棋が好きなんだねえ。じいちゃんにつきあってくれているだけかと思ってたけど」

「会長と指すのは楽しかったわよ。で、なに。どうしたの。そっちもランチ?」

「出先で打ち合わせしてきた帰りなんだけど、望月の姿が見えたから。ついでに休憩とっちゃおうかな。相席してもいい?」

「どうぞ」

さりげなく、以前と変わり映えのない態度をとれていることに、ほっとしているのはたぶん自分だけじゃないだろう。何事もないような顔をしているけれど、和泉沢は明らかに瞳孔が開いているし、瞬《まばた》きもふだんより多い。

「えっと、ぼくはリコッタチーズのパンケーキを。ドリンクは、トロピカルフルーツティーのアイスをつけてください」

「あいかわらず、甘ったるそうなものを……」

陽菜子とて甘いものは嫌いではないが、粉砂糖をまぶしたうえにメイプルシロップをかけ、さらにホイップクリームを添えて食べるそのパンケーキは見るだけで胸焼けしそうで、一度も頼んだことがない。目が留まるのはいつもローストビーフサンドやチキンステーキといったタンパク質重視のメニューばかりである。

「頭脳労働だとやっぱり、人より糖分を欲するのかしらね」

「どうだろう？　たしかに学生時代、研究室の仲間は甘いもの好きが多かったけど、全然食べないで煙草《たばこ》とコーヒーだけで生きてるみたいな人もいたからなあ。カップラーメンとか、ジャンクフードに走る人もいるし」

「なんにせよ、極端ね」

「ぼくは社会人になって、いろんなお店に行くようになったら、世の中にはこんなに甘くてかわいい食べ物が存在するのか！って感動しちゃったの。おみやげに買って帰るとばあちゃんがすごく喜ぶし、連れていくときゃいきゃいはしゃぐし」

「目に浮かぶわ」

「そろそろマンゴーがおいしい季節だから、フルーツパーラーにでも連れていこうかな。でもまだ、そんな気にはなれないかな……」

「和泉沢は、今もあの家に？」

もともとは、父親である社長との二人暮らしに耐え切れず、一人暮らしをはじめようとしていた矢先に会長が体調を崩し、同居しはじめたという経緯がある。

和泉沢は、うなずいた。

「ばあちゃんを一人にしておくのは心配だからね。必要がない限りは、しばらくそのままじゃないかな」

「あなたはどうなの」

「ん？」

「少しは、落ち着いた？　顔色はまあ、悪くないみたいだけど」

心配されているのだ、と気づいて和泉沢は、へにゃっとはにかむ。

「覚悟はしていたことだし、いつまでも落ち込んではいられないからね。今週末で、もう一か月たつんだよ。はやいよねえ」

「お別れの会は、四十九日にあわせて行うんだっけ」

「そう。ちょうど金曜日だからね。土日の自由参加と迷ったんだけど、逆に気遣うでしょう。だったら業務の一貫ってことにしちゃえばいいかなと」

「そういうのって、お父さん……社長と話し合って決めるの？」

「そうしたいんだけど、あの人、ほんっと何もしないんだよね。秘書の高梨《たかなし》さんに任せっぱなし。でさ、ばあちゃんの意向を聞きに、高梨さんがうちに来るじゃない？　そうちに来たら、ばあちゃんがぼくも呼んで、一緒に相談しようとするじゃない？　それはめちゃくちゃいやがるんだよ。さしでがましいことをするな、とかなんとか言っちゃって」

「さしでがましいって……」

「ぼくには会社のことに関わってほしくないんだろうけど、勝手だよねえ。だったら自分でもっと主体的に動けばいいのにさ。めんどくさいことは、これまでだってなんでも人に放り投げてきたくせに……って、ごめん、これはただの愚痴だね」

そのとき、店員が立体感のあるふわふわのパンケーキを運んできて、和泉沢はきゃあっと声をあげた。たぶん華絵が甘いものを前に心置きなくはしゃぐことができるのは、一緒になって歓声をあげてくれる和泉沢がいるからだろう、と容易に想像ができるご満悦っぷりだ。

「いただきまーす」

パンケーキを小さく切り分けて上品に口に運ぶ和泉沢の向かいで、陽菜子はBLTサンドの最後のかけらを豪快に口に放り込む。昔つきあっていた人は陽菜子を見て、もうちょっとかわいげのある食べ方しなよ、なんて苦笑いしていたけれど、和泉沢は決してそんなことは言わない。おいしいねえ、と幸せそうに笑うだけだ。

「会長の株を和泉沢が相続して社長交代できるようにする、って前に言ってたよね」

声をひそめて、陽菜子は問うた。

「会社のことに関わってほしくないっていうのは、やっぱり、それ絡み？」

どんな決断をするかは和泉沢だけが決めることだ。陽菜子に口出しする余地はないしするつもりもない。……という想いは今も変わっていないのだけど、今どんな状況になっているのかはやはり気になる。

和泉沢は、まあねえ、と曖昧に答えた。

「じいちゃんが、すんなりぼくに継がせる形にしてなくて。いろいろ厄介な宿題が残っているんだけど。でもさ、大事なのは、じいちゃんが本当はどうしたかったか、じゃない？　だから最近、じいちゃんの蔵書を片っ端から読み漁ってるの」

「蔵書……って、なんの？」

「大河内のじいちゃんに読まされた経営の本もたくさんあるんだけどね、いちばん多いのはやっぱり将棋系でさ。研究書やら名局集やら棋士のエッセイやら……ほんと好きだったんだなあってびっくりしてるとこ」

「和泉沢、将棋は苦手だったよね。読んで、わかるの？」

「さっぱり。でもエッセイはおもしろいよ。棋士の語る哲学みたいなものと、じいちゃんが言っていたことが重なることも多くて。じいちゃん、いいこと言うように見せて実はここからパクってたんじゃないの？って言葉もけっこうあった」

「それはそれで、微笑ましいというか愛らしいというか」

「そうなんだよ。もうちょっと、ぼくも興味をもって読んでいればよかった。二度と話すことのできない今になって興味をもつんじゃなくて、じいちゃんパクったでしょーってからかえるうちに、ちゃんと……」

　そう言って言葉を詰まらせた和泉沢は、ごまかすように、やや大きめのパンケーキを口のなかに押し込んだ。木の実をほおばるリスみたいな顔で食べ続ける和泉沢をちらりと一瞥《いちべつ》して、陽菜子はテーブルのうえに置いたままの盤面図に目を落とす。

陽菜子だって、もっとはやくに次の手を考えるべきだったのかもしれなかった。会長、この手はどうですか?とつたないながらも聞いていたら、それは浅慮だねえ、もっとよく考えないと、と厳しいことを言いながらもきっとあの人は嬉しそうに笑ってくれたに違いない。体調が悪くて会う機会がなかったから、なんてただの言い訳だ。先が長くないことはわかっていたのに、そのままにしたのはただ、面倒だったから。頭の片隅に会長の言葉が引っかかっていながらも、具体的に駒を進めるところまではたどりつけなかった。

けれど会長は、責めるためにこの図を残したわけじゃない、と陽菜子は思う。会長がいなくなっても考え続けてほしいという願いを託しただけだ。和泉沢に対してもきっと同じだろう。もう少し頑張ればわかりあえたかもしれないことを悔いるのではなく、未来につながるものとして生かしてほしいと願ったからたぶん、和泉沢たちにも厄介な宿題とやらを残したのだ。

でもそれは、口にしない。

本当のところはどうだったかなんて誰にもわからない。陽菜子が解釈しただけのことを、宿題の答えを探しているさなかの和泉沢に伝えて、よけいな感傷を与えたくなかった。

「望月は、入玉《にゅうぎょく》って知ってる？」

パンケーキを呑み込んで、気を取り直したらしい和泉沢が聞く。

「入玉って、将棋の？」

「ああ、やっぱり知ってるよね。じいちゃんの本を読んで、はじめてその言葉を知ったんだけどさ。中学生くらいのときかなあ、じいちゃんと将棋を指したとき、なんにも知らないでそれをやっちゃったことがあるんだ」

基本的に将棋とは、自陣の中心にでんとかまえる王を守りながら、いかにして敵の王を仕留めることができるかというゲームだ。王は常に金やら銀やらに囲われているので、よほどのことがなければ動くことがない。せいぜい一歩引くか、横に動くか、程度。

だがときに、王みずから敵陣に攻め入ることがある。

それが、入玉だ。

果敢、にも見えるけれど、それを成すには自陣の囲いを捨てて逃避行の旅に出ないといけない。さらに王が入り込む隙間があるということは、敵の陣形も崩れているということ。入玉が起きるのはたいてい、泥仕合にもつれこんだ対局の終盤である。つまり、美しくない。不格好な手なのである。

「和泉沢らしいね」

言うと、和泉沢はぱっと顔を輝かせた。

「じいちゃんにもそう言われた。お前らしくていいなあ、って。美しくない手で、しかも負けるなんてことに耐えられない人はたくさんいる。だからよほどの勝機と執念がなければこの手を避けるケースも多いんだ、って。まあ、ぼくはただの無知だったんだけどね。実際、めちゃくちゃハンデをもらってたうえで入玉したにもかかわらず、そのときも負けちゃったし」

「でも、楽しかったんでしょう？」

「……うん。楽しかった」

勝てるはずのない相手に、自分にできる全力の手を打って挑む。それでも負けるのならば単に実力不足ということだ。負けた悔しさはあっても、きっと、どこか晴れ晴れとしていたことだろう。

「本を読んで、入玉って言葉が目について、ああ、あれかあって思い出したらなんか……すっきりした。ぼくは、ぼくにできることをしよう。そもそも、カッコつけたままで結果を手に入れられるような器じゃないんだから、って」

「ま、ぼんくらのボンだしね」

「そうなんだよ。みんなに下駄を履かせてもらって、支えてもらって、どうにか立っているだけのぼくが、身の丈にあわないことをしようとするなら、カッコ悪くてもできることは全部試さなきゃね」

陽菜子のからかいも真正面から受け止め、鷹揚にうなずく和泉沢のそんなところを、実は尊敬しているのだと言ってもきっと信じないだろう。森川が聞けば、甘ったるすぎて脳に虫が湧きそうだと顔を思いきりしかめるだろうが、それは、忍びである自分たちに決して手に入れられないものを和泉沢が持っているからだということは、たぶん森川もわかっている。

──もう、大丈夫だ。

以前の和泉沢なら、陽菜子を頼る、という甘さもそこには含まれていた。どうしよう望月〜、ぼくどうすればいいと思う〜？　なんて泣き出しそうな顔で相談をもちかけ、陽菜子が尻ぬぐいをするというパターンがいつしか生まれていた。

でも今は、違う。

和泉沢はもう、大丈夫だ。──陽菜子がそばに、いなくても。

「望月は最近、どう？　あいかわらず忙しい？」

「まあね。森川さんの下でこき使われてる」

「でもぼくが課長だったときよりは、働きやすいでしょう。森川くん、優秀だもんなあ。部署が替わって、よりいっそう、そう思う」

「あのね。あんたのそうやってナチュラルに自分を下げる癖、御曹司だからやっかまれないようにっていう処世術なのかもしれないけど、そろそろやめときなさい。たしかにあんたはぼんくらだし、イライラさせられるところもたくさんあったけど、上司としては言うほど悪くなかったわよ」

「え……？」

「あんたを営業先に出しちゃだめだ、あんたがおとなしく席に座っていられるようミスのない仕事をしなくちゃ、ってみんなやる気がみなぎってたからね。森川さんはなんだって対処してくれちゃうから、気が緩んで大変なのよ」

「それ、褒められてる……？」

「どうだろう？」

いじわるく笑って、陽菜子は財布から自分の代金を出すと、テーブルに置いた。

「じゃ、わたし、そろそろ仕事戻るから」

「あ、いいよ。ここはぼくが……」

「理由もないのに奢らなくてよろしい。……ま、がんばってね」

そう言って、盤面の描かれた紙を片手に颯爽《さっそう》と店を出る。

ふりかえらず、姿勢を伸ばして、あえてカツカツとヒールを鳴らすように歩いたのは、さみしい、と思ってしまった自分をかき消すためだった。

──入玉、か。

その手は、考えていなかった。

任務を達成すること以上に、忍びは生き延びることを絶対の命として課せられる。敵につかまりそうになったら舌を噛んで死ぬ、なんて失態はフィクションだから通用するのだ。死体からでも得られる情報は山ほどあるし、そもそも存在を知られたらそれだけで主君にとって命とりとなりうる。だから忍びは、失敗するくらいなら、逃げる。その癖が、将棋でもついていた。無様に負ける醜態をさらすくらいなら、みずから投了してしまおうという癖が。

守りの要である馬で敵陣に攻め込めば、隙が生まれて入玉への道が開ける。

それは同時に、守らねばならない王の囲いを薄くする諸刃の剣《つるぎ》だった。みずからをさらに追い詰めるだけで陽菜子に勝ち目はやっぱりひとつもないかもしれない。でも。

可能性は、ゼロじゃ、ない。

——この手だったら、どうですか、会長。

午後に差し掛かり、日差しの強くなってきた空を見上げる。

勝てるかどうか、ではなく。

それはおもしろいね、と会長に言ってもらえる、あなたらしいね、と笑ってもらえる、そんな一手を指してみたいと、生まれて初めて陽菜子は思った。

5

話がしたい、と何度メールを送っても秘書の高梨に言づけてもなしの礫だったのに、遺言書のありかがわかったよ、と送信した五分後に電話を折り返してきたときには、さすがの創も腹が立った。なんて自己中心的で傲慢なんだ、この人は。

けれど喧嘩腰で応対すれば向こうもかたくなになって、話をするどころじゃなくなるのはわかっている。土曜の午後を指定して、家を訪ねてくるように伝えた。お前が来い、俺は忙しいんだとやはり横柄に言われたけれど、

「じいちゃんの遺産について話すのに、じいちゃんの家に来るのも億劫がるってどう

いう料簡だよ。そんなんじゃ、ばあちゃんも呆れ果てて父さんの味方なんてしてくれなくなるよ」

という反論に、生意気な口をきくな、と震える声で応えたあと、父は一方的に電話を切った。うんざりしたが、しかたがない。誰より子どもじみたあの男が、まぎれもなく創の父なのだ。

華絵には、立ち合いを頼んだ。

二人だけだと父はきっと上から目線でわめきちらして、創の言うことなんて聞いてくれない。華絵がいるからといって矛をおさめるような素直な性格はしていないけれど、第三者の目があるだけで多少の抑止力にはなる。

「まかせといて。いざとなったら、泣くか心臓を押さえて倒れるかするから」

とよくわからない方向に張り切る祖母を、そんなことはしなくていいから、ぼくがびっくりしちゃうから、となだめて臨んだ土曜の午後一時すぎ。

刻んだトマトやオクラ、ゆでた豚肉に揚げた茄子とふんだんに具をのせたそうめんを、食べ終えようとしていたころに父は、廊下をどすどすと踏み鳴らして居間の座敷にやってきた。夏場に祖母がよくつくる、簡単だけど地味においしい定番料理の残骸を、ちらりと横目で見た父がほんの一瞬、食べたそうな顔をしていた気がするが、もちろん無視である。敵に塩どころか砂糖も米もばらまきかねない生き方をしている創だけれど、今日ばかりは毅然とした態度で父に向きあう覚悟だった。

片づけは華絵がやるというので、まかせて座布団の上にあぐらをかく父と向きあう。なんでそこで新しい座布団をもってこずに、ばあちゃんが座ってたのを使うのかな。ばあちゃんが戻ってきたらどこに座ると思ってるのかな。と、一挙手一投足を見るにつけ文句が湧きおこってくるけれど、それを口にすれば論点がずれてやっぱり話し合いにならないので、創は懸命にこらえた。

十五秒かけて息を吸い、十五秒かけて吐く。

それはいつだったか、陽菜子に教えてもらった、心を落ち着ける呼吸法だった。本当は一分かけるらしいのだが、それは創にはなかなか難しい。

「で、誰がもってるんだ、遺言書は」

前置きもなく、一方的に話をはじめた父を前にしては、何度呼吸を整えても無意味のような気がしたが、それでも腹に力をこめて、創は静かに父を見返す。

「それよりもまず、四十九日とお別れの会のこと、どうするか話し合いたいんだけど」

「そんなものは全部、高梨に任せているから大丈夫だろう」

「そんなものってなんだよ。自分の父親のことだろう？　それに高梨さんは、あくまで仕事上の秘書じゃないか。お別れの会の手配はともかく、四十九日のことは家族のことなんだから、父さんが動いてくれなきゃ困るよ」

「だから、母さんに逐一相談するよう……」

「喪主は、ばあちゃんじゃなくて父さんでしょう！　それに、ばあちゃんだって疲れやすいんだから、全部、押しつけないでよ」

「いいのよ、創。なーんにもしない子に育てちゃったのは、私なんだから」

からころと氷の涼しげな音を立て、盆に緑茶の入ったグラスをのせた華絵が戻ってくる。そしてわざとらしいため息をつき、

「ほんっと昔から、めんどくさいことからはすぐに逃げるんだから」

と、横目で父を睨んだ。

「……俺は、忙しいんだ」

「めんどくさいことって、式典の手配とかそういうことじゃないのよ。この子はね、たぶん、お父さんが死んだってことをまだ直視したくないの。だから四十九日からもお別れの会からも逃げていたいのよ」

「親父が死んだってことくらい、理解してる！」

「そりゃそうでしょうよ。でもね、理解するのと向きあうのは違うのよ。あなたは生きているときもお父さんから逃げ続けていたものねえ……」

ちょっとあなたどきなさい、それは私の座布団よ、と父を容赦なく追い立てる華絵に創が噴き出すと、「そんなことより！」と父は顔を真っ赤にして怒鳴った。

「遺言書はどこにあるんだ。わざわざ呼び出したってことは、親父の株をお前が相続して、俺を追い落とす算段がついたってことなんだろう。もったいぶってないで、さっさと話せ。それならそれでこっちには考えがある」

「あんたって子は、なんだってそういう……！」

「いいから、ばあちゃん。ぼくが話すから」

祖母を同席させたのは果たして正解だったのだろうかと、自分の判断を疑いながら、二人のあいだに割って入る。

「父さん、ぼくはね、喧嘩しようと思って呼んだんじゃないよ。何度も言ってるだろう？　ただ、話がしたいんだ」

「だからなんだっていうんだ。用があるならさっさと話せ」

「父さんはさ、うちの会社を松葉商事に吸収合併させる話を、じいちゃんが生きているときから進めていたでしょう？　聞いたよ。ずいぶん具体的に、合併後の組織図までつくってるみたいじゃないか」

創が座布団の下に隠していた封筒をとりだすと、はじめて父は、ぎょっとしたように目をむいた。

「お前……どこから、それを……！」

「ぼくにだって手伝ってくれる人はいるんだよ」

封筒からとりだした、社内でも極秘であるはずの資料を差し出され、ますます父がわななくのを見て、創はちょっとだけ胸のすく気分を味わった。

——ぼくもけっこう、性格が悪いな。

あらまあ、と華絵が感心したまなざしを向けてくるのも、少し、心地がいい。全部、森川に頼んで集めてもらったもので、創自身は何もしていないのだから、他人の手柄を横取りしているようで後ろめたくもあるのだけれど。

「この計画だと、ずいぶんな人員削減が起きるよね。カットされるのはほとんど、IMEの人間だ」

松葉商事が欲しいのは、IMEのエネルギー開発部門である。

創が室長を務める技術戦略室をはじめ、技術者たちはわりと優遇される立場にある。

それはありがたいことだが、替えがきくと思われているのだろう総務や人事の人間がのきなみリストラ対象に入れられているのが、気に食わなかった。陽菜子の所属する資源開発課や各営業部の人間は人脈とノウハウがあるためそれなりに残すつもりらしいが、それでも全員ではない。会社が優秀と判断できる実績のある人間以外はやっぱり斬り捨てるつもりらしいことは、資料を読めば誰の目にも明らかだった。

「そいつをばらまき、俺の信用を落としたあげくに追い出そうって算段か！」

「しないよ、そんなこと。守秘義務違反で、うちの信用が地に落ちちゃうじゃない。松葉商事とはすでに業務提携しているんだから、よけいな波風は立てたくないよ」

「だったら何を……」

「ねえ父さん、いいかげん、喧嘩腰になるのはやめてよ。これが最後だよ。話を聞いて」

いつになくきびきびした物言いの創に戸惑っているのか、いつも以上に反応が荒っぽい父の顔を、創は改めてじっと見つめた。

こんなふうに父の顔を見るのはいつぶりだろう、と記憶を探る。昔から、鬼の形相、という言葉を聞くたびに父の顔を思い浮かべるくらい、いかめしい人だったけれど、いつのまにかしかめ面でできるしわより、老化によるしわのほうが多くなっている気がする。白髪も増えたし、なんとなく毛量も心もとない。禿《は》げているわけではないが、全体的にふわふわしている。出社しない今日は、髪を固めていないからなおさらだ。

老いた。

まだまだ壮健とされる年齢とはいえ、若くはない。

けれどそのぶん、背負い続けてきたものがあるのを創は知っていた。父のことを手放しに慕っているとはいえないが、刻まれたしわも、薄い頭も、すべて会社に人生を注ぎ続けてきたことの結果なのだということくらい。

創は、足の位置をずらしてわずかに後ろにさがり、畳の上に手をついた。

「お願いします。松葉商事との契約内容を、考え直してください」

頭を下げられるのはさすがに想定外だったらしく、父はぽかんと口を開けた。

「以前、父さんの差し金でぼくが松葉商事の三井《みつい》さんと食事をしたことがあったでしょう？　あのとき、言われたんだ。資源開発にかけている先行投資が、会社の実情と見合っていない。このままでは二年足らずで赤字に転落するだろう、って」

創は、畳の目を見つめながら、父に届くようはっきりした声で続ける。

「それが脅しじゃないってことも、資料を見ていればよくわかった。会社が傾けば、赤字部門である技術開発から削減していくことになる。そうなれば、どのみちリストラは起きるし、じいちゃんが力を注いでいた途上国への援助とか、収益率が低い事業にもストップがかかるよね。……それじゃ意味がないんだ。会社が名ばかり存続したところで、なにも」

――亘さまはなぜ、そうまでして吸収合併にこだわるのでしょうか。

万事屋にそう問われるまでずっと、創は、父の目的は株式売却で得られる莫大な利益なのだと思っていた。祖父の理念も積み重ねてきたものもすべて無視して、目先の利益に走っているのだろう、と。けれど、吸収合併によって損なわれるものではなく守られるものが何かを考えたとき、はじめて、そうではない可能性に思い至った。

祖父の口にすることを、金にもならん戯言だ、と吐き捨てていた父の態度が、すべて建前だったとは思えない。欲に目がくらんだ部分もたしかにあるだろう。

けれど、それだけではなかったのかもしれないと。

それだけではないものも残っていたのかもしれないと、信じてみたくなったのだ。

創は、顔をあげた。

そこにはいつもの、不機嫌そうに唇を歪めた父がいた。

「じいちゃんの、株式相続権は譲ります。ぼくの持ち分も、父さんに委任してもいい。だから……」

ぐっと、拳に力をこめる。

「できるだけ、いま働いてくれている社員に配慮した形で。多少の時間をかけてでも、辞めてもらわなきゃいけない人にも納得してもらえるような状況を、つくってほしいんだ」

そしてもう一度、深々と頭を下げた。

父もまた、悪態を吐きながらも、この想いをずっと共有していたのだと信じて、続ける。

「お願いします。じいちゃんが守りたかった〝みんなの幸せ〟を……〝みんなが笑顔になれる会社〟を一緒に守ってください」

自分が社長の器ではないことくらい、大河内に鍛えられるより前からわかっていた。それでも兄がいなくなった以上は、できることをしなければならないと思っていたけど、大河内に指導されるうちにますます、自分の向いてなさを思い知らされるはめになった。努力だけではどうにもならないことが、世の中にはあるのだと。

真に、祖父の会社を守るとはどういうことなのか。

考え抜いた末の、結論だった。

将棋に詳しい人が聞けば、全然違うと言われてしまうかもしれないけれど、捨て身で、なりふりかまわず敵陣に突っ込んでいく、それが創にとっての入玉だった。

「……頭をあげろ。俺が悪者みたいじゃないか」

「じゅうぶん悪者でしょうよ」

「母さん」

「ばあちゃん」

同時にツッコミを入れた父と創に、華絵は、べ、と舌を出す。

いやそうに顔をそむけた父の表情は変わらずこわばったままだけれど、肩の力が少しだけ抜けたように見えた。

「お前はそれでいいのか」

ぽつりと、父はつぶやく。

「なんてことをしてくれたんだと親父が化けて出るかもしれんぞ」

父なりの冗談なのか、真剣に問うているのかわからず戸惑いながら、創は首を横に振る。

「じいちゃんもきっと、それを望んでいると思う」

「そんなわけあるか。あの人は俺に継がせたままの状態がいちばんいやだったはずだ」

「そうかな。会うたび喧嘩してたのは、諦めてなかったからだよ。じいちゃんは、父さんにずっと、わかってほしかったんだと思うよ。自分がどれだけ会社を大事に思っているのかってこと」

「どうだか」

「素直じゃないなあ、ほんと……」

「それは昔からよ。この子はほんと、天邪鬼《あまのじゃく》だから。あの人の気を引きたくてあの人と正反対のことばかりするのも、昔から」

「母さん、頼むからいちいちまぜっかえさないでくれ」

「だってあなたが、ちゃんと創に答えないから」

それはそうだ、と創もうなずく。

「どうなの、父さん。……考えて、くれる？」

「……今さら、契約内容をひっくりかえすのは簡単なことじゃない」

「そんなのはわかってるよ」

「全員を納得させたいなんて、それこそきれいごとにしか過ぎん」

「それもわかってる。でもできるだけ……一人でも多くって思いながら事を進めるのと、最初から斬り捨てるつもりで臨むのとでは、結果は全然、違うと思うよ。将棋だってさ、最初にとられた歩がいつのまにか伏兵となって王手をかけられる、ってこともあるでしょう？」

「将棋？」

「創は最近、あの人の本を一生懸命、読んでるのよね」

「ぼくには理解できないことばかりだけどね」

言いながら、祖母を同席させたのはやっぱり正解だったな、と創は微笑む。祖母がいてくれるおかげで父も創もどこか気が抜けて、しょうがないな、という一体感すら芽生えつつある。

「……善処する」

長い沈黙のあと、父は言った。

「交渉にぼくが同席する必要はもちろんないけど、ぼくにも契約内容は逐一、確認させてほしい。それは株主の一人としても、必要なことだと思うから」

「わかった。……それにしても、この資料を持ち出されるとはな」

父は、机に置かれたそれを手にとり、うんざりしたようにつぶやいた。

「いったい、どこの誰がどうやって」

「それは秘密」

創自身、まさかここまで、と驚いていたし、森川はいったい何者なんだとそらおそろしいものを感じてはいたが、彼が資料を悪用することは絶対にない、と信じてもいた。なぜかと聞かれたらなんとなくとしか言いようがないし、そういうところが甘いんだと森川にも嫌な顔をされてしまいそうだけど。

でもたぶん、そんな美しくない手を森川は打たないだろうと、思うから。

「まあ、父さんがここからいい方向に内容を変えていけば、仮に流出したところで問題はないでしょう？　心を入れ替えました、社員のみなさんのためにできる限りを尽くします、ってじいちゃんみたいなことを言えばいいんだから」

「それはつまり、俺が善処しなければ公表するということだな」

「そうは言っていないけど」

「……お前もタフになったもんだ。驚いたよ」

それは褒め言葉だろうか？

華絵と顔を見合わせる。ぐったりしたように足を崩し、広げた両手を畳についてくつろぎはじめた父の姿から、真意は読みとれない。だが、創の目的がひとまず達成できたことは確かで、創は華絵と満足そうな笑みを交わした。

「ところで、遺言書はどこにあるんだ。この交渉は、お前が遺言書を手に入れたという前提があるから、進んだんだぞ。在《あ》り処《か》がわかったのが嘘だというなら、一からやり直しだ」

「嘘じゃないよ。っていうか父さん、なんでいまだにわからないの。父さんとぼくに対して中立な立場をとれる人なんて、一人しかいないじゃない」

「なんだ。やっぱり大河内のじいさんか」

「違うよ！　いるでしょう、もっと適任の人」

「だからそれは誰なんだ。もったいつけていないでいい加減……」

「あいかわらずだなあ、父さんは」

苛立つ父の言葉にかぶさったのは創ではなく、ふすまの向こうから聞こえる別の男の声だった。

虚を突かれたように固まった父の前で、すぱんとふすまが開く。

創よりやや背が低く、代わりに肩幅ががっちりしていて、精悍《せいかん》な顔つきの男。父によく似た濃くて太い眉毛のわりに、武骨というよりは爽やかな印象を与えるのは、目元と鼻筋が柔和な母のそれを受け継いだからだと昔から言われていた。

「や、ひさしぶり。みんな、元気だった？」

場にそぐわない軽妙な、けれど懐しい口調に、父が目を剝いて卒倒しそうになっている。

そうして創より五つ年上の兄――和泉沢匠が、約十年ぶりに姿を現したのだった。

右手にひらひらと、和泉沢與太郎の遺言書をもって。

その背後には、大河内と万事屋もいた。

「亘や、創にうまく出し抜かれたようだのう」

ひょっひょっ、と愉快そうに笑って大河内は顎を撫でる。

「……いい気味だと思っているんでしょう」

「思っとるよ。お前は昔から驕《おご》りが過ぎる。ちったあ創の素直さを見習ったらどうだね。そうすりゃ、もっとはやく答えに辿りつけただろうし、そもそも與太の奴がこんな面倒な仕掛けをせずに済んだ」

「……どういう意味ですか」

「こういう意味だよ」

と言って、匠は遺言書を、惜しげもなく広げて二人に突きつける。そこには、

〈会社は、すべて亘に委ねる。創は、自分の望む道を〉

という一行だけが、妙に丸っこい見慣れた筆文字でしたためられていた。

「ようするに、創が正解だってことだろう」

兄の言葉に、ぐっと胸が詰まるのを感じて、創はしいて目を見開いた。

横目でうかがうと父は、何が起きたかわからない、というように呆けた顔をしていた。かと思えば、急に湯が沸いたかのように顔を真っ赤にさせて、机を拳でだんと叩く。

「貴様はいったい、今の今まで、どこで何をやっていた！」

地響きが鳴り渡るような、という表現がぴったりの怒号に、祖母ですら注意するのを忘れて縮みあがる。父さん、声でかいよ、ととりなそうとする創の声もしぼんでしまい、役に立たない。気持ちはわかるだけに、これぱっかりは、兄を庇《かば》う気にもなれなかったが、当の本人は悪びれた様子もなく飄々としている。

「何って、ちゃんと報告しただろう。留学先で知り合った子と結婚して、彼女の実家の跡継ぎとして修業させてもらってる」

「そういうことを聞いてるんじゃない！」

「うるさいなあ、もう。父さんさあ、そうやって困ると怒鳴るくせ、いいかげん直したほうがいいよ。小物に見えて、損するのは自分だよ」

「おっ……まえは……」

「こりゃ、よう言うたわ。そのとおりだ」

膝を叩いて笑ったのは、いつのまにか来客用の座布団に座り、茶をすすっていた大河内だった。その後ろにはやっぱり万事屋がいて、すぐに動けるようにか、爪先を立てた跪座《きざ》の姿勢で控えている。まるで武士のようなたたずまいだな、と感心していると、視線に気づいたらしい彼女と目があった。

——あ。

彼女に、言わなきゃいけないことがある気がして、口を開くも言葉が出てこない。そうこうしているうちに万事屋は創から視線をそらし、気配を閉じて存在感を消してしまう。

「それにしても創、よく遺言書を俺がもってるってわかったな」

どっこいせ、と兄は創の隣に座ると、無遠慮にばしばしと背中を叩いた。十年近くも姿をくらませていたとは思えない気安さに、創のほうがたじろいでしまう。

「単に、ほかに思いつかなかっただけだよ。これは会社の問題であると同時に、家族の問題でもあるんだから」

「聞いたか、父さん。あんたに足りないのはこの視点だよ。じいさんもそれが言いたかったんじゃないのかなあ」

「兄さんは、いつ日本に戻ってきたの？　亡くなる前のじいちゃんには、会ったの？」

話をそらしたのは父を庇ったわけではなく、留学する前はあなただって、父さんと同じように傲慢で家族のことなんて顧みなかったじゃないか、と文句をつけたくなったからだ。

兄は、そこではじめて表情に陰りを見せた。

「いや……じいさんが亡くなったっていうお前からのメールを、俺が受け取ったのは
日本に向かう飛行機に乗る直前だ」

「じゃあどうして……いったい誰から遺言書を？」

「それは……」

匠の視線が、大河内にうつる。

そのとたん、またも父が、激昂する。

「やっぱり、あんたが嚙んでたんじゃないか！」

うすうす察していたことだが、父はずいぶんと大河内のことが嫌いらしい。

祖母にこっそり「子どものころから大河内さんには叱られっぱなしで、親戚でもな
いのに何様なんだっていつも癇癪を起こしていたのよ。親戚みたいなものなのにね
え」と耳打ちされて、なるほどと納得する。

けれど「違うよ」とあっさり匠が否定した。

「俺に遺言書を渡してくれたのは、そこにいる万事屋さんのお仲間。ずいぶんと海外にも伝手《つ て》があるみたいでね。五月くらいだったかなあ、外務省を通じて連絡があったんだ。じいさんが会って話をしたいと言っている、って。びっくりしたよ。じいさんとばあさんにはときどき手紙を送ってたけど、絶対に居場所がバレないよう、出張先から出していたからさ」

「手紙？　聞いてないぞ、そんなもの！」

怒り心頭の父に睨まれて、創はぶんぶんと大袈裟に首を振った。

「ぼくだって知らないよ。メールの返事も来たことはないもん。一年に一回くらい、ぼくが一方的に送っていただけで」

「そうよ。私だって返事を書きたかったけど、どこに送っていいかわからないから、受け取るばかりで。かわいいひ孫のために、おくるみだってお洋服だってつくってあげたかったのに、なんにもできなかった。薄情な孫よ、本当に」

「ひ孫⁉」

今度は、創と父の声が重なる。

そうそう、と匠は朗らかに笑った。

「娘が二人と、息子が一人。下の子は去年生まれたばっかで、これがもうかわいくてさあ。父さん、あんたそんなに怒ってばっかだと、孫が怖がって寄りついてくれないぜ。なにせ向こうのお義父《とう》さんお義母《かあ》さんは、あいつらをでろでろに甘やかして可愛がってるからな」

「おっ……まえ、は……次から次へと勝手なことを……！」

創はもう、つっこむ気力すら湧かなかった。

あいかわらず、自由というよりは唯我独尊の兄である。おかげで創はひどい迷惑をこうむり続けている気がするのに、呆れはしても怒りが湧かないのが兄の得なところで、釈然としないところでもあった。

「ま、そんなわけで、じいさんが亡くなる前から俺は、帰国する算段はつけていたんだ。間に合わなくて、申し訳ないことをしたよ。帰ってきたときには通夜も告別式も終わってたし。でもその代わり、じいさんから預かってるものがあるって連絡をもらってな」

「その、万事屋さんのお仲間に？」

「そ。で、とりあえず会って、事情を聞いて、借りたウィークリーマンションで身を隠していたってわけ」

「……一か月も」

「今の時代、仕事はリモートでもできるんだよ。それに、長丁場になりそうな気がしていたからな。帰国にあわせて日本の取引先との仕事を入れておいた。はっはっ、俺はあいかわらず優秀だろう」

「……一回くらい、仏壇に手を合わせにくればよかったのに」

「そんなことして遺言書のありかがバレたら、それこそじいさんに祟《たた》られちまうよ。これはじいさんの仕掛けた最後の大余興だろ？　台無しにしたらかわいそうだ」

はあ、とため息なのか返事なのかわからない声を漏らして、創は脱力した。

そう、これはたしかに、和泉沢與太郎が遺した最後の与太話なのだった。父も、創も、いいように祖父の手のひらの上で転がされていたような気がする。

なんだか一気に老け込んだような心地になった創の心情を読みとったように、匠は背中を再びばしばしと叩く。

「いやあ、じいさんも喜んでると思うぞ。あの創がなあ。ちっちゃいころから、何が楽しいんだか蟻の行列ばっかり追いかけてみたり、がらくたにしか見えない石を拾ってきては部屋中に並べて眺めてみたり、大丈夫なのかこいつはって心配させられてきたけど、立派な社会人になって、なあ、お兄ちゃんは嬉しいよ！」

「……それでよく、行方をくらまそうなんて思えたものだね。ぼくが跡継ぎになるのはわかってたことでしょう。不安じゃなかったの」

「そりゃあ不安だったさ。でも、そのために俺が俺の人生をふいにするのは、違うだろ。それはそれ、これはこれ」

盛大なため息が三人分、父だけでなく華絵もくわわり、そろってこぼれて部屋中に充満する。それでも匠はものともしない。この図太さを、羨ましいとはまるで思わないけれど、少しは見習わないといけないのかもしれないな、と創は思う。

「……みなさま、それぞれにご納得されたようですね」

場の空気を変えたのは、それまで微動だにせず彫像のように控えていた、万事屋の一言だった。

「見届けよ、と與太郎さまより申し付かったお役目は、果たされたように思います。……万事、うまくいったようで、何よりでございます」

「そのようだな」

返事をしたのは、大河内だった。

「ま、あたしが出張るようなことにならんで、よかったわい。創を後継者に仕立て上げるために割いた時間と苦労を返してほしい気持ちは、ないでもないがね。いつお迎えが来るかわからん老いぼれをこき使った代償は、高くつくぞ」

誰が老いぼれで、誰のもとにお迎えがくるのだ。

というツッコミはおそらく場の全員の頭に浮かんだだろうが、九十近い男の世間的な形容としては間違っていないので、誰も口に出さない。かわりに創は、

「しごいた甲斐があった、って言ってもらえるように、がんばります」

とだけ言った。

「では、あたしは退散することにしようかね。……亘やい、今のところ落着したように見えるが、少しでも創やあたしを出し抜こうというそぶりを見せたら、わかっとるな。お前の知らんところで、あたしの握ってるもんは、大きいぞ」

と、大河内は釘を刺すことも忘れない。そして、老人とは思えない身軽さで跳ねるように立ち上がったかと思うと、瞬きをひとつする間に、その姿は玄関へと続く廊下の奥へと消えていた。

当然、あの、万事屋も。

「……くそ忌々しい、古狸《ふるだぬき》のくそじじいめ」

子どもじみた言葉で吐き捨てる父を横目に、気づけば創は立ち上がっていた。

「ごめん、ぼくちょっと」

そう言って、消えた二人を追いかける。

追いかけなければいけないような気がした。そして。


「望月！」


玄関を飛び出し、万事屋の後ろ姿が見えたとき。

なぜだか、そう叫んでいた。

いつも泰然としていた万事屋の、丸みを帯びた背中が、びくりと震える。その瞬間、ああやっぱりそうだったんだと、すべてに合点がいった気がした。全然、気づかなかった。わからなかった。でもやっぱり、そうだったんだ、と。

「望月、だよね？」

万事屋が、ふりかえる。

背格好も、髪型も、顔のつくりもだいぶ違う。

だけどそれは確かに望月陽菜子だと——創の大好きな人なのだと、動揺で歪んだ彼女の顔を見て、確信する。

＊

あやうい、と思った瞬間は何度かあった。

たとえば告別式のとき。親族席の前を通りすぎる陽菜子を見て、和泉沢は一瞬、怪訝そうな表情を浮かべた。どこかで見たことのある顔だな、とでも言いたげに、二度三度瞬きをして、陽菜子の顔を覗きこもうとした、けれど、参列する人の流れに押されて消えていくのを追うほど引っかかったわけではないらしく、騙しおおせたことに陽菜子は安堵した。

初七日のときもそうだ。

万事屋として現れた女を、和泉沢はときどき、何か言いたげな眼差しで見つめていた。けれどそのたび毅然としていたら、眼差しに潜んだ疑いは薄まっていった。大河内のもとに通って変身の技を改めて磨きあげた成果が出たのだ。そう誇らしくなると同時に複雑な気持ちになった。どこかで、和泉沢ならば陽菜子がどんな姿でも見抜くのではないかと、期待していたのだと気づいたとき、自分の浅はかさがいやになった。

それからは、諦めたつもりで、何も諦められていなかった自分を叱咤《しった》し、ただひたすら任務をまっとうすることだけに努めた。その任務もこうして終わりを迎えた今、陽菜子と和泉沢をつなぐものはすべて断たれたのだとわきまえた。

——はずなのに。

「望月！」

名を。

呼ばれた瞬間、全身に電気が走ったかのように震えた。

硬直して、ふりかえることすらできなかった。

「望月、だよね？」

問いながら、疑っていないその声の主を、おそるおそる見返す。

その瞬間、ほらやっぱり、というように和泉沢は笑った。いつものように、緊張感のない、砂糖たっぷりのホイップクリームみたいに、甘くてやわらかい顔で。

「……ね、ちょっとだけ、話そう？」

断ることは、できなかった。

だからといって、うなずくことも、できなかった。

呆然とたちつくす陽菜子の右手を、和泉沢がとる。スーツとストッキングなど脱ぎ捨てて放り投げてしまいたいほど暑い初夏の日差しの下で、陽菜子が指先まで氷のように冷えていることに気づいた和泉沢は、ぬくもりをうつすようにぎゅっと手を握った。

迷子になった子どもを保護するように、和泉沢は陽菜子の手を引いて歩き出す。陽菜子はただ、黙ってそのあとに続く。それ以外、できることは何もなかった。

――あなたに、頼みたいことがあるんだよ。

大河内づたいに呼び出されたあの日、会長は陽菜子にそう言った。

「遺言書の一部を、この部屋に隠してあるんだ。それを、私が死んだら回収しにきてほしい」

「それは……」

「私はたぶん、もうそう長くはないからね」

微笑む会長の瞳には、おそれも悲しみも後悔も一切、感じられなかった。そんな縁起でもないこと言わないでください、なんて上っ面の言葉を陽菜子が口にしたところで会長は面倒なだけだろう。会長の、首筋にも腕にも血管と骨が浮き出ている。つい半年前――年明けに体調を崩して倒れるまでは壮健だった身体が急激に衰え、限界を迎えているのは疑いようのない事実だった。

陽菜子は、三つ指を畳について軽く頭を下げる。

「ご命令とあらば、謹んでお受けいたします」

それは里を抜けてから、はじめて口にした言葉だった。

この半年近く、二度と忍びの技を使わない、という禁を陽菜子が破るときはいつも和泉沢のためだったけれど、同時に、自分のためでもあった。会長も、そんな陽菜子を誘導するような言葉は口にしつつも、明確に何かを頼むことはなかった。

最初で最後の任務なのだ、と悟る。

敬愛してきた会長を、主君と仰げる、これが最後のチャンスなのだと。

「ありがとう。あなたならそう言ってくれると思っていたよ」

「回収して、そのあとは？」

「なぜそんなことをするのか、聞かないのかい？」

「命じられたことを、ただ遂行するのがわたしの仕事ですから」

「ああそうだ……あなたたちはそういうふうだったね。なんだか懐かしいねえ。わくわくしてしまうよ」

口元を小さくほころばせた会長に、陽菜子もつられて笑う。

「回収してそのあとに、この家を出て最初に会った人に渡してほしい」

「最初に会った人……？」

「大丈夫、すぐにわかるさ。あなたにとっては意外な人かもしれないけどね」

「……わかりました」

「遺言書は、あなたと将棋を指したこの折り畳み式の盤のあいだに挟んでおく。このことは華絵も知らないが、あなたが来たら問題なく応対してくれるはずだ」

「おそれながら……それは今預かる、というわけにはいかないのでしょうか？」

「そうだね。それでも状況は同じだろうと思う。私なりに最後まであがいてみたいという気持ちもあってね……こんな遺言書など必要なくなればいちばんいいんだが」

そう言って会長は、さみしそうに将棋盤の包まれた風呂敷に目をやった。

「私と息子の仲がよくないことは、あなたも知っているだろう？　私が死んだら、株式をすべて創に相続させようとしていることも、聞いているね」

「……はい」

「ずっとね、考えているんだ。どうするのがいちばん、あの子たちのためになるのか。会社がどうなることが、社員の、そして社会の幸福につながるのか。実のところまだ、迷っているんだ。情けないことにね。だから……いっそのこと、決めないでおこうと思ったんだ」

「え……？」

「委ねてみることにした。あなたを含めた、これから先の未来を生きる者たちに。あなたに回収してもらう遺言書はね、そのための……そうだねえ、ひとつの賭けみたいなもんだ。どう転ぶかはわからないし、私にはその結末を見届けることはできないけれど」

ああ、と陽菜子は自分を恥じた。

会長を、一瞬でも心配したことを。

心配するということは、ときに、相手を軽んじているのと同じだ。会長は、どんなに身体が衰弱していようと、命の灯が消えかけていようと、陽菜子ごときが配慮できるような小さな器ではない。

陽菜子に遺言書を託すその意図を聞きながら、陽菜子は背筋をただした。

「あなたに、見届けてほしいんだ。私のかわりに」

向かい合うだけで相手を圧する強堅な光をいまだ失わない会長の姿に、陽菜子のこうべは、自然と垂れる。

「頼みましたよ」

それが会長からもらった、最初で最後の、任務だった。

それからしばらく雑談したのち、

「それにしても、いやはや、あなたにこんな得意技があったとはねぇ」

と会長は嘆息を漏らした。

その日、陽菜子はすでに万事屋に扮していた。

といっても、もちろん、そのときは自分が万事屋として立ち回ることになるとは思っていない。大河内から「與太のところへ行ってこい。あいつが見破れんくらいの変装をしてな」と唐突に申し渡され、拒絶する余地が残されていなかったからだ。

およそ陽菜子らしくない陽菜子を見て、会長はほうほうと頭のてっぺんから爪先まで眺めまわした。

「すまないね、女性をこんなふうに無遠慮に観察するのはよくないこととわかってはいるんだが……」

「気になさらないでください。どうぞ、ご存分に」

「いやしかし……たいしたものだ。忍びの人の変装は過去にも見たことがあるけれど、あなたほど見事な技はなかった。いやあ……すごい」

率直に言って、誇らしかった。

たいていの忍びが施す変装が極限まで個を薄めることだとしたら、陽菜子のそれは完全なる個の消失だ。その実力は里でも認められつつも、それしか能がないのではなんの役にも立たんと馬鹿にされてもいたから、陽菜子ははじめて味わう手放しの称賛にしばしの心地よさを味わった。

「これを……創は本当に見破れるのかい？　にわかに信じがたいんだが……」

会長に問われ、陽菜子はつかのまの夢から醒《さ》めた。

「今のわたしを見破れるかどうか、まではわかりません。大河内さんにだいぶ鍛え直してもらいましたから、以前よりさらに精度はあがっているはずです。でも……大河内さんに出会う前、それでも里の仲間でさえ見破るのが困難だったわたしの変装を、和泉沢……創さんが二度も見破ったのは事実です」

「なるほどねえ……はてさて、あの子がそんなたいそうな審美眼をもっているとも思えないんだが」

実の孫を評するには、あまりに手厳しい意見だが、陽菜子も同感だった。

「わたしも不可解でなりませんが、だからこそ、変装している姿を創さんに見られる危険は避けたいと思っています。理由がわかれば対処のしようもありますが、創さん相手にはそれができない。今日は、お留守だとうかがっていたので、問題ないとは思いますが……」

ふうむ、としばし考えこんだ会長は、それ以上、何も言わなかった。けっきょく、なぜわざわざ陽菜子を変装させたのか、ただ興味本位で見てみたかっただけなのか、わからぬままその日は帰った。だが会長の通夜が行われる日の朝、電話をかけてきた大河内から、遺言書を回収しにいくときはそのときの姿で、と思わぬ指定を受けたのだ。

「いったい、なんのために?」

「そりゃあ、死後の始末を望月陽菜子に頼んだなんて華絵ちゃんが知ったら、変に思うだろう」

「え、今さら……?っていうか、それについては会長から説明済みじゃなかったんですか?」

「いんや、與太は最後に会ったあんたの風貌を来客者として伝えているはずだよ。大河内の秘書、と言えば通じるようにしてあるから、偽名はとくに使わんでもええ。そこは華絵ちゃんもわざわざつっこんでこんだろう」

「ちょっと待ってください。どうしてそんな」

「ああ、それと告別式もその姿で行ってこい。華絵ちゃんに、明晩うかがいますとその場で告げれば、事はスムーズに運ぶ」

「だからなんでそんなややこしいことを、わざわざ」

「はーっ、言葉を覚えたての子どもじゃなし、なんでなんでと聞きなさんな。あたしは必要のないことは言わん。いちいち嚙み砕いて説明しなきゃならん面倒な手下も持つ気はない。これ以上ごちゃごちゃ言うようなら、今すぐすべてを白紙に戻してもかまわんよ。あたしはなーんも困らん」

「……っ」

「じゃ、またあとで。通夜でな」

そう言って、陽菜子の返事も待たずに大河内は電話を切った。

そうして命じられるまま陽菜子は、変装した姿で告別式に参列しただけでなく、初七日にまで同席するはめになったのである。

万事屋は陽菜子じゃないという嘘を、森川がかろうじて信じてくれたのは、わざわざ危険をおかしてまで和泉沢に変装した姿をさらすわけがないだろう、という陽菜子の言い分が本心だったからにほかならない。陽菜子自身、対面するたびひやひやしていたし、こんなことになんの意味があるのだと内心、苛立ってもいた。おそらくこれは陽菜子の成長を試す一種の試験なのだろう、けれどそれならばそうと言ってくれればいいのに、と。

でも違ったのかもしれないと、和泉沢のぬくもりを指先に感じながら陽菜子は思う。

――勝ち目がないと知れるとあっさり引くのは、あなた方の悪いくせだね。

そう言っていた会長が。

陽菜子に、簡単には諦めないことを望んでいたとしたら。

期待していたのは陽菜子が和泉沢を騙しきることではなくて、和泉沢が、どんな姿でもやっぱり陽菜子を見抜いてしまうことだったとしたら。

和泉沢に連れていかれたのは、あちらこちらにカラフルな遊具の置かれた公園だった。春になれば満開の桜が公園をぐるりと囲むのだろうけれど、今は太陽の光を緑の葉が照り返している。陽がのぼりきった直後だからか、子どもたちの姿も少なく、園内は静かだった。葉のおいしげる木の下にあるベンチにやってくると、和泉沢は陽菜子に座るよう促した。

肩を並べて座っても、しばらくはどちらも口を開かなかった。

いつから気づいていたのか、なんて、聞くのは野暮のような気がした。最初から疑われていたとは思えない。わかっていて黙っていた、なんて器用な真似もたぶん和泉沢にはできない。縁側で話したあのとき、和泉沢はたしかに、目の前にいる女を、望月陽菜子とは別人の万事屋として認識していたはずだ。

けれどそれでも、和泉沢には、わかってしまった。

それほどまでに和泉沢が陽菜子のことを好きなのだ、なんてうぬぼれたりはしない。けれど、和泉沢は陽菜子をよく、見ている。陽菜子が想像している以上に和泉沢は陽菜子の本質を見抜いているのだ。誰よりも。

「……入玉、したのね」

公園の中央に広がる砂地をぼんやり見つめながら、陽菜子は言った。

「無様でも、不格好でも。王手をとることをあんたは、優先したのね」

かっこよかった。と、言葉にはしないけれど、素直に思う。

ふすま越しに聞いていた、父親に対峙する和泉沢には、陽菜子の知っているぼんくらのボンの面影はどこにもなかった。

「ぼくさ、春にデンマークの研究所に長期出張行ってたじゃない？　もともと希望していたプロジェクトではあるんだけど、やけにすんなり決まったなあと思ってたら、裏で父さんが根回ししてたらしいんだよね」

「え？　和泉沢がデンマークに行けるように、ってこと？」

「うん。高梨さんが教えてくれたの。ま、父さんにしてみたら、ぼくに社長の座を奪われないよう遠くに追いやりたいって気持ちが主体だったんだろうと思うけど。でも……父親として、そう簡単にわりきれない気持ちも、もしかしたらあったのかもしれない。だとしたら、ちょっと賭けてみようと思ったんだ」

「……そっか」

和泉沢は身体を陽菜子に向けて、真正面から見据えた。

「ありがとう、望月」

ざあっと、なまぬるい風が二人のあいだを吹きとおる。

「望月がいつも力を貸してくれていたから、ぼくはここまでたどりつくことができた」

「わたしは、何もしてないよ」

「説得力ないよ、そんな格好までして」

「全然、気づかなかったくせに」

「そりゃすぐには無理だよう。いつもとだいぶ印象が違うし、最初から別人として紹介されたら、せいぜい似てるなあと思うくらいでしょ、普通」

「あんたに普通を説かれてもね……」

軽口を叩きあいながら、この期に及んで、なんでそんな格好をしているのかと和泉沢は聞きたがるそぶりすら見せなかった。陽菜子が答えられないことならもう二度と聞かないと、約束してくれたことを和泉沢は今でも、守ってくれている。

「でも言ったでしょう。ぼくは望月に恥じない人間になりたいって、そう思えたから、背筋を伸ばし続けることができた。ようやく一人でも、立つことができた。望月と出会ってなかったら、今のぼくはいないんだよ」

なんだか別れの言葉みたいだな、と陽菜子は思う。

みたい、じゃない。正真正銘、別れの言葉なのだ。大河内の家で泣きながら抱き合ったあのときとは違う、今度こそ互いに納得しての、さようなら。

「あ、そ」

わざとどうでもよさそうに答えた陽菜子に、和泉沢はどこか嬉しそうに声をあげた。

「なんだよう、そっけないなあ！」

「だって他にどう言えばいいのよ。わたしは別に、あんたに出会ってなくてもたいして変わりはなかったと思うし……」

「ええっ、ひどい！　ちょっとくらい何かあるでしょう⁉」

「ええ……なにその自信……引くんだけど」

あるに、決まっている。

和泉沢に出会わなければ、陽菜子が忍びの道に戻ってくることもなかった。そうすれば今も、惣真とも柳とも関わりあうことなく平穏に暮らせていたかもしれない。里を抜けた当初の、望みどおりに。

そのほうが幸せだったとは、とうてい、思えない。

けれどそれも、和泉沢に伝えてやるつもりは、ない。

「あっつい。そろそろ帰るわ。あんたも、せっかくお兄さんと再会できたんだから、今日は家で祝賀会でも開きなさいよ」

「ええ……なんか全然、めでたい気分じゃないんだけど」

「いいじゃない。かわいい甥《おい》っ子と姪《めい》っ子がいっぺんに三人もできたんでしょう？あんたのことだから写真を見ただけでめろめろになって、お兄さんがアメリカに帰るころには子ども服だのおもちゃだの山ほど買い込んで渡してるわよ」

「うっ……ちょっと想像がつくのがいやだな……」

立ちあがった陽菜子の手を、和泉沢はもう握ってはいない。

そんなことをしなくても、陽菜子の指先はじゅうぶん、あたたまっている。熱いくらいに。

「じゃあね。また会社で」

「うん。気をつけて帰ってね」

和泉沢に背を向け、駅に向かう……と見せかけて陽菜子は、近くの物陰に隠れた。

そして、

「どうせいるんでしょ、また」

と虚空に向かってつぶやく。

いや――もう一人の、見届け人に向けて。

「あんた最近、わたしのストーカーみたいになってない？」

どこからともなく現れた人影に言うと、

「くだらんことを言うな」

仏頂面で返される。

惣真だった。

「ちゃんと、お兄さんに遺言書を渡してくれたのね」

「あたりまえだ。お前に頼まれずとも、それが俺の引き受けた任務だ」

告別式の翌日、会長の部屋で触れた将棋盤には折りたたまれた紙が二枚挟まっていて、一枚には〝貴女へ〟と書かれていた。それが手書きの、将棋の盤面図。陽菜子個人あてのメッセージだとわかったので受け取ったが、もう一枚はそのまま、中身も見ずに惣真に渡した。

――たしかに意外でしたよ、会長。

大河内と面識があるらしいうえに、仕事上、ＩＭＥの動向を常に気にかけてきた惣真が、相続争いに忍びの立場を利用して関与するのは、よく考えてみれば何もおかしなことではないのだけれど。しいて一定の距離をとっているように見えた彼に考えを変えさせた何かが、会長とのやりとりのなかにあったのだろうか。

聞いたところで、答えないのは知っている。

だから、聞かない。……里で起きている相続争いのことも、穂乃香のことも、今のところは。

「もう行けば？　用があるのは大河内さんのほうでしょ。道草食ってると怒られるよ」

「ああ……」

珍しく、何か言いたげに惣真が口ごもる。

たぶん、戸惑っていた。

穂乃香にあらかじめ聞いていたかどうかは、知らない。けれど大河内を追わず、陽菜子が和泉沢と別れるのを待ったのは、和泉沢が万事屋の正体を見抜いたことに驚きを隠せなかったからだ。

自分でさえ容易に見抜くことのできない陽菜子の変装を、ためらいなく彼が、破ったことに。

「……たいした男、なのかもしれんな」

言い捨てた言葉の意外さに、陽菜子が驚いてふりかえったときには、惣真は姿を消していた。

じじ……と頭上で蟬の羽がすれる音がする。

夏がくる。季節がめぐる。

陽菜子はうんと伸びをして、一人、足を踏み出した。

6

〈潜行密用《せんぎようみつよう》は愚《ぐ》の如《ごと》く魯《ろ》の如し。
ただよく相続《そうぞく》するを主中《しゆちゆう》の主《しゆ》と名《な》づく。〉
それは和泉沢與太郎の「お別れの会」に際して掲げられた禅語だった。
いくら地道に努力を重ねても、人目につかなければ評価なんてしてもらえないかもしれない。でも、それでも、誰に認めてもらわなくても自分の成すべきことをただひたすらに、愚直なまでに重ねていくこと。その相《すがた》を続けていった先で人は、己のなかに本物の従うべき〝主《あるじ》〟を見つけることができるのだ、と参列者に向けて書かれた手紙にあるのが、読み上げられた。

あくびを噛み殺している社員もいれば、取引先からの連絡が気になって何度もポケットからスマホをとりだし覗いている社員もいる。

すべての人の心に届いているわけじゃない。

息子である社長ですらきれいごとに過ぎないと反発していたくらいだ。説教くさい、古くさい、と煩わしく思っている社員は少なくないだろう。

それでも、陽菜子の心には強く響いた。

就職活動をしていた大学時代に、会社説明会ではじめて和泉沢與太郎に出会ったときと同じように。

たとえ今、目の前に彼の姿が見えなくとも。

これまで陽菜子に向けられてきたさまざまな表情が、すべて黒縁の大きな額に入れられた笑顔ひとつに塗り替えられてしまったとしても。

会長からもらった言葉の一つひとつが陽菜子を生かし、決して忘れることはないだろうと確信できた。この会社に入ってよかったと、心から思う。里を抜け、主を失っていた陽菜子が会長に出会えたことは、このうえない僥倖《ぎょうこう》だったのだと。

「あいつ、いたな」

会を終え、ともに出先をまわることになっている森川に声をかけられる。

「いましたね」

と陽菜子も簡潔に応じた。塚本のことだ。あいかわらず、どこにいるかわからないのに、ただならぬ気配だけを放っていて、煩わしいことこのうえなかった。

そしてふと気がつくと、陽菜子の鞄の中にやたら輝きの強いものが転がっていた。

——あの、指輪だ。意味のないものだと知って、返しにきたのだろう。

どんな細工が仕掛けられているかわからないから、家に持ち帰るわけにもいかない。かといって、デスクの引き出しに突っこんでおくにはモノが良すぎる。一刻もはやく惣真に突き返さねばと思いつつ、しばらくは顔を合わせたくないのも本音で、皇居の堀にでも放り投げてやろうかと自暴自棄な考えが浮かんだ。

「で、お前はどうするんだ」

誘われて入ったコーヒースタンドで、森川が聞く。

「どうするって、何がです」

「今後の身の振り方だよ。人事がざわついてる。いよいよ動き出すんじゃないか」

「ああ……森川さんはどうせ、どう転んでも自分の立場が今より悪くなることはないよう立ち回ってるんでしょう？」

「馬鹿言え。今より確実によくなるように、動いてるよ」

「それは失礼いたしました」

「ま、忍びとしてはあれでも、部下としての仕事ぶりは悪くないから、望むなら俺が引っ張ってやってもいいが」

「絶対にいやですよ、一生返せなそうな借りをつくるの」

「でもお前、会長に憧れて会社に入ったんだろう。ぼんくらもいなくなることだし、残り続ける理由、あるのか？　合併したら松葉商事の本社に残れる社員なんて一握りだぞ。よくわからんところに出向になるくらいなら、早期退職制度で金もらっといたほうが……」

「え、ちょっと待ってください。いなくなる？　誰が？」

「聞いてないのか」

にたり、と森川は笑った。

しまったと思うが、もう遅い。

「知りませんよ、森川さんみたいな情報網、わたし持ってませんし」

「なんだ、和泉沢と切れたっていうのは本当みたいだな」

「それは和泉沢本人から聞いてるんでしょう?」

「なんで」

「だってあいつが情報収集を依頼できる相手なんて、森川さんくらいじゃないですか。今も和泉沢と社長の間をうまいこと泳ぎながら、バランスとってるんでしょう」

「それを知ってるってことは、やっぱり万事屋とかいう女はお前だったか」

「知りませんってば」

「案外、食えない奴だな」

「森川さんだけには言われたくありません」

——でもそうか。会社を、辞めるのか。

どこかでそうなるような気はしていた。会社の跡を継ぐという重責から解き放たれた今、もともとめざしたかった研究者としての道を邪魔するものは何もない。自分の望む道を、というのが会長の遺言であった以上、わずかに残っていたためらいも、消えているだろう。

「辞めませんよ、たぶん、わたしは」

陽菜子は言った。

「森川さんと違って、出世欲もありませんし。どこに配置されても、求められたように働くだけです」

「……ま、お前はそういう奴だよな」

「潜行密用は愚の如く魯の如し、ですよ。愚鈍と言われようとも、わたしはわたしに与えられたなすべきことをやります」

「ああ、あれなあ……」

飲み終えたコーヒーカップの蓋をはずして、森川はゴミ箱に捨て入れる。

「最後の最後まで、理想ばっかり語るじいさんだったな」

「やっぱり、嫌いですか？」

「好きではないな。だが、死んだあとまでそれを貫ける器のでかさは、尊敬に値すると俺は思うよ」

森川にしては珍しい、素直な賛辞だった。

驚きながらも店を出る彼に続くと、

「ああ、お前、ここでいいわ」

「え？」

「今日は俺一人でまわってくるから、先に社に戻ってろ」

「え、なんでですか。行きますよ」

「いいんだよ。お前には別の仕事があるんだから」

「別の仕事？」

ん、と森川が顎でしゃくった先には、いつもより地味なスーツで身を固めた和泉沢が、額に汗を滲ませながら駆け寄ってくる姿があった。

「いたいた、おおい、望月〜！」

とぶんぶん手を振るその姿には妙な既視感があり、陽菜子はあとずさる。それを見て森川は、思わず、というように微苦笑を浮かべた。

「それが好きな男に対する態度か？」

「いや……あの、どういうことですか、これ」

「お前の仕事は、あれのお守り。調教係だろ、和泉沢専属の」

「いや……いやいやいや。だからなんでですか、なんなんですか」

「話がしたいんだとさ。あいつの連絡、無視しまくってるんだろ」

「だって……もう話すことなんてないし……」

「お前になくてもあいつにはあるんだろう。困るんだよ、俺を便利屋みたいに扱われちゃ。俺は、あいつのことが、視界に入るだけで反吐が出そうになるくらいに嫌いだ。なれなれしく連絡してくるなと、徹底的にしつけておけ。じゃないと、俺がお前に何をするか、わからんぞ」

「わたしに関係ないじゃないですか！」

言葉を交わすのもいやなのか、和泉沢が目の前にやってくるタイミングをちょうど避けて森川は「じゃあな」と踵《きびす》を返して立ち去った。

あとには、シャツに汗染みをつけて肩で息をする和泉沢と、状況の把握しきれていない陽菜子だけが残される。

「ごめんね、急に。こうでもしないと、会ってもらえなそうだからさ」

「いいけど……いや、よくないわよ。森川さんの手を煩わせないで。あとで締められるの、わたしなんだから！」

「ええ、森川くんってそんなに怖いの？」

「あんた、森川さんとはけっこうな現場でやりあってるだろうに、なんでまだその怖さが認識できてないの……？」

「そうかなあ。森川くん、いい人だと思うけど」

いい人とか悪い人とかそんな基準でわたしたちは生きてないんだよこのすっとこど

っこい！　と久しぶりに悪態をつきそうになったが、公道なのでやめておく。今から森川を追いかけたところで、同行させてはもらえないだろう。上司命令と思って、素直に従うほうがよさそうだった。

「で、なに。話って」

「ええと、こんなところでもなんだから、どこか日陰に行こう。熱中症になっちゃうよ。あ、でもちょっと待って。飲み物買ってくる。望月、コーヒーはもう飲んだ……よね？」

「飲んだに決まってるでしょ、店から出てきたんだから」

「じゃあ、キャラメルラテとかだったら飲む？」

「それよりアイスレモネードがいいわ。ここの自家製、おいしいの」

「コーヒースタンドなのに？　しゃれてるねえ」

じじむさいことを言って、和泉沢は店に飛び入る。そしてすぐに、紙袋をぶらさげて満面の笑みで戻ってきた。

森川同様、陽菜子だって、入社したばかりのころは、この能天気な面が癪に障って大嫌いだったはずなのに、今はどこかほっとしてしまう自分のほうが忌々しくて、やっぱり癪に障るのだった。

アスファルトの強い照り返しと、風ひとつないこもった空気のせいで、木陰であっても灼熱の地獄と化しているなか、連れていかれたのは公園のベンチだった。つい先日、遺言書と間違えて盤面図を奪われたベンチ。――和泉沢を、はじめて意識した日に座っていた場所。

下が芝生というだけで、木々に囲まれたその場所は同じ屋外と思えないほど涼しかった。アイスレモネードを飲みながら、ついこのあいだもこうして、和泉沢と肩を並べて座っていた気がするな、と思い出す。

あのときは、陽菜子は万事屋の格好をしていたけれど。

でも、和泉沢がそのことに頓着している様子はない。意外と食えない男だ、と無駄に小さいと評される横顔を覗き見た。おいしいねえ、とやっぱり和泉沢は、能天気な顔でアイスレモネードをする。

「いい会だったわね」

「ありがとう。どうにかこうにか、いろんなことが無事に決着したからね。父さんもちゃんと、準備に関わってくれたし。もう、焦ったよう。四十九日に間に合わないんじゃないかって」

「なんでそんなに、四十九日にこだわってたの？」

「あ、知らない？　四十九日はね、死んだ人の行き先が決まる日なの。それまではこの世をしばらく彷徨《さまよ》ってるんだけど、ようやくあの世に行けるから、成仏を祈って盛大に供養するんだって。四十九日を越えてもぼくと父さんが喧嘩してたら、じいちゃん、安心して眠れないでしょ」

「たしかにね。じゃあ、今はそのへんでよくやったって言ってくれてるんじゃない」

「だといいなあ。明日の法要にはね、急遽、兄さんの奥さんと子どもたちも参列してくれることになったの。きっと喜ぶんじゃないかな」

聞けば、匠が跡継ぎとして修業している会社は、太陽光発電向けの機器を製造しているらしい。ＩＭＥでは後手にまわっている分野だが、匠は今回の帰国で、業務提携の話をとりつける心づもりだという。

「家を出たって言っても、けっきょくお兄さんもエネルギー開発に関わってるのね」

「そうなんだよ。たぶん奥さんと仲良くなったのも、最初は、会社のためになると思ったからなんじゃないかなあ。商魂たくましいし、今はＩＭＥをひいきするようなことはしないと思うけど、でも、何かの形で役に立ちたいって気持ちはあったんじゃないか……って思うことにした」

いい人なのは、和泉沢のほうだと陽菜子は思う。

以前の和泉沢は甘っちょろくて、なんでもかんでも人のいい面ばかりを見て信じようとするところがあった。けれど今は、たぶん、違う。裏切られるかもしれない可能性もちゃんと理解しながら、いい人であり続けようと、決めたのだ。そのために必要な駆け引きと実力を身につけようと。

「だから、会社を辞めるのね」

「え？」

「和泉沢も、お兄さんのように、何かの形で役に立ちたくなったんでしょう」

「……なんだ。知ってたの。ぼく、それを今日、望月には報告しようと思ってたのに」

「別にいいじゃない。誰から聞いたって」

「全然、ちがうよ！　……望月ってさあ、ときどきそういう、デリカシーのないことを言うよね？」

「あんたに言われたくないんですけど？」

「ぼくが自分の口で望月に報告することが大事なの！　まったく、なんでそれがわからないかなあ」

今度は膨れている。

くるくると表情のよく変わる奴だ、とあきれながら陽菜子は氷で薄まったレモネードで咽喉を潤した。

恋人でもなんでもない陽菜子にそんな義理を通さなくてもいいのに、と思うが、恋人だろうが友達だろうが相手を大切だと思えばそれをなすのが和泉沢だ。それは会長から受け継いだことなのかもしれない。

……と思ったのだが。

「そんな調子で、ぼくがデンマークに行ったら、また連絡不精になっちゃうんでしょう。何かあったら、逐一、ちゃんと報告してよね。望月がどうでもいいって思うことも、望月に起きたことは全部、ぼくは聞きたいし知りたいんだから」

「……は？　デンマーク？」

「え？　森川くんに聞いたんじゃないの？」

「聞いたのは会社を辞めるってことだけだけど……なに、デンマークに行くの？　また？」

「うん。春に長期出張していた研究所から、正式にオファーをもらったんだ。望月の言うとおり、ぼくもちゃんと、自分の力で会社の役に立つために……ＩＭＥはなくなってしまうけど、じいちゃんがめざした、みんなを幸せにするための仕事をするために、まずは自分の力を磨こうと思って」

「……そっか。がんばってね」

「いや、だからさ。なんでそんなに他人事なの？　っていうか、お別れするみたいじゃない？　冷たいよ、望月。なんか、すごくひどい！」

「は……？　だってお別れでしょう、どう考えても」

「どうしてさ！　今はテレビ電話だってなんだってできる時代なのに。そりゃあ時差は八時間あるし、不便なこともいっぱいあるけど、飛行機に乗れば半日でつく場所だよ。会おうと思えばいつだって会えるでしょう」

「……ちょ、っと待って。あんたいったい、なに言ってるの？」

これはまるで、遠距離恋愛をはじめる恋人同士のようなやりとりではないか。

わたし、和泉沢とつきあってたっけ？　つきあってないよね？　一緒にはいられないってちゃんと言ったし、それから状況は変わっていないはず、なのに、あれ？

混乱しつつ、陽菜子の背筋にそっと薄気味悪いものが忍び寄る。万事屋として和泉沢と会話していたときのことを思い出したのだ。

「まさかあんた……やっぱり、勝手にわたしとつきあってるつもりでいるんじゃ

「……」

「ち、ちがうよ！　だからそれは、誤解だって！」

「じゃあ、なんなのよ！　一方的にちょっと怖いんだけど！」

「いや、だから……ああ、もう！　望月ってなんでいっつもそうなのさ！」

「わたし⁉」

「そうだよ。一人で勝手に考えて、一人で決めちゃって。ぼくのことはいつも置いてきぼりだし、ちゃんと話をしようとすると、そうやっていっつもスパスパ斬り捨てていくし！」

「そ……んなことはないと、思うけど……」

「あります！　あのねえ、この際だからちょっと言わせてもらうけど、望月はけっこう、わがままだよ⁉」

わがまま。

それは、自由奔放であるがまま、という意味の言葉だろうか。我心を殺す、ことが常であるはずの忍びには、もっとも縁遠いはずの。

ぽかんとしていると、和泉沢は軽く咳ばらいをし、レモネードのカップを脇に置いて、陽菜子に向きあった。

「望月陽菜子さん」

「……はい」

「ぼくはあなたに、何度も何度も、救われました。数えきれないくらい、助けてもらった。だから今度は、ぼくがあなたを、支えられるようになりたい」

膝の上で握られている、和泉沢の拳は、ふるえている。

「今はまだ、ぼく一人じゃなんにもできない。今のぼくじゃたぶん、望月と一緒にいてもまた、寄りかかって甘えて、それで、つぶしてしまう。だから……」

緊張を、飲みこむように、和泉沢の咽喉が鳴った。

「この先ぼくが、ちゃんと自分一人の力で、立てるようになったら。そしたら……そのときはまた、あのネックレスをつけてくれませんか？」

ひくっ、と陽菜子は鼻の穴がふくらむのを感じた。

瞼の裏が、熱くなる。胸が詰まって、声が出ない。何かを言おうとしても、咽喉がふるえて、うまく言葉が紡げなかった。あのときと同じだ。和泉沢に別れを告げると決めたあのときと、同じ。

――ああ、やっぱり、この人だけが。

一瞬でも気を抜けばたぶん、またぼろぼろと涙がこぼれ落ちただろう。

けれど陽菜子はそれを、こらえた。和泉沢に気づかれないほどの細く長い呼吸をくりかえして鎮め、開いた瞳孔を意識的におさめていく。大嫌いだった忍びの技で、あんなにも欲していたはずの人の心を、感情を、鎮めていく。

――この人だけが、わたしを、「わたし」に、戻してしまう。

それじゃだめだと、陽菜子は思った。

和泉沢が弱点になってしまうようじゃ、だめなのだ。ずっと探していた「わたし」をこの人のそばでならいつだって取り戻すことができると知ったのだから。

いつだって和泉沢の隣でなら自然に泣くことができるから、陽菜子は、泣かないという選択をすることができる。

「ぼくは、望月がいなくても大丈夫、一人でも生きていけるんだって胸を張って言えるようになる」

黙ったままの陽菜子に、和泉沢は続けた。

「そうしたら、改めて望月に言うよ。それでもやっぱりそばにいてほしいんだって」

「……そのときになったら、気が変わってるかもよ」

「変わらないよ。だって望月は、ぼくにとっていちばん特別な、友達だもの」

「物好きね、ほんとに」

陽菜子は呆れたように笑った。

「わたし、だいぶ胡散臭《うさんくさ》い女だと思うけど」

「それはまあ、たしかにね。でもいいんだ、そんなことは。何度も言っているでしょう？　ぼくは望月が何者だってかまわない。今、目の前にいる望月が信頼に足る人だってことが、ぼくにとってはすべてだよ」

和泉沢は、陽菜子の手をとった。

「恋人だって、友達だって、家族だって、名前はなんだってかまわない。いつも隣にいてくれなくたって、いい。ぼくは望月と一緒に、生きていきたいんだ。これからもずっと」

強くなろう、と陽菜子は思った。

和泉沢が言うように、陽菜子もまた、自分一人の力で立てるようにならなきゃいけない。いつになるかは、わからないけど。でもいつか、二人ともがそれを成せた日には、きっと。

「ありがとう」

答えた瞬間、陽菜子の頬が、自然にゆるんだ。

制御しきれない感情が溢れて、陽菜子の顔一面に浮かぶ。

それを見て、和泉沢がふにゃっと笑った。たぶん自分もおんなじ顔をしているのだ、と悟ったそのとき、

「大好きだよ」

そう言って、和泉沢が陽菜子を抱きしめた。

それはたぶん、陽菜子が生まれてはじめて味わう、しあわせ、という名のぬくもりだった。

〈参考文献〉

『完本　万川集海』中島篤巳／訳注　国書刊行会
『忍法大全』初見良昭　講談社
『歴史群像シリーズ特別編集【決定版】図説・忍者と忍術　忍器・奥義・秘伝集』学研
『忍者の兵法　三大秘伝書を読む』中島篤巳　角川ソフィア文庫
『忍者の掟』川上仁一　角川新書
『忍者の精神』山田雄司　角川選書
『将棋哲学』阪田三吉　小澤書房

〈取材協力〉
習志野青龍窟

〈Special thanks〉
稲子美砂、横里隆（上ノ空）、木島英治（キーワークス）、
山下昇平、田中沙弥

本書は書き下ろしです。

双葉文庫

た-53-04

忍者《にんじゃ》だけど、OLやってます

遺言書争奪戦《ゆいごんしよそうだつせん》の巻《まき》

2022年3月13日　第1刷発行

【著者】
橘《たちばな》もも

【発行者】
箕浦克史
【発行所】
株式会社双葉社
〒162-8540 東京都新宿区東五軒町3番28号
［電話］03-5261-4818(営業部)　03-5261-4831(編集部)
www.futabasha.co.jp (双葉社の書籍・コミックが買えます)
【印刷所】
大日本印刷株式会社
【製本所】
大日本印刷株式会社
【カバー印刷】
株式会社久栄社
【DTP】
株式会社ビーワークス

【フォーマット・デザイン】
日下潤一

ISBN978-4-575-52551-9 C0193
Printed in Japan